Räddad av en Ranger

Högoktanig romantisk spänning – elitsoldater, fara och kärlek

Caitlyn Lynch

Shenanigans Press

Innehållsförteckning

KAPITEL ETT

KRAMEN VAR SÅ HÅRD att Ariana nästan tappade andan. ”Papi.” Hon klappade frenetiskt sin fars rygg. ”Jag kan inte andas! Rädda mig, Elliot!” vädjade hon skrattande till chefen för sin säkerhetsstyrka.

Elliot bara log snett mot henne och korsade sina kraftigt musklade armar över det breda bröstet. ”En far får bara se sin dotter ta examen från läkarutbildningen en gång. Dessutom har det gått fem månader sedan han såg dig vid jul.”

Ariana rullade med ögonen åt Elliot över sin fars axel.

Kramen lättade, och hennes far drog sig tillbaka för att ösa kyssar över hennes panna och pladdra om hur stolt han var över henne. ”Min lilla flicka, en läkare.” Raul Monterro torkade ögonen med en sidennäsduk han plockat ur bröstfickan på sin skräddarsydda Brionikostym. ”Hur din mor skulle ha älskat att få uppleva den här dagen.”

Påminnelsen fick även Ariana att tåras, och Elliot räckte diskret över ännu en näsduk. Hennes far omfamnade henne igen; den här gången välkomnade hon det, lutade sig mot honom medan de delade ett ögonblick av fortfarande svidande sorg.

"Snälla, sir", sa Elliot efter några ögonblick, hans blick vandrade ständigt vidare utan att fastna någonstans, "här är vi väldigt exponerade. Låt oss ta er båda till bilen."

"Självklart", nickade hennes far, tog Arianas hand i sin och kramade den medan de gick tillsammans, omgivna av en falang livvakter. "Min lilla flicka, en läkare", fortsatte han stolt.

Tills Ariana skrattade. "Du vet att det kommer att dröja minst fem år till innan jag får specialistbevis, Papi. Just nu är jag bara underläkare."

"Får du inte skriva *Doktor* Ariana Monterro under ditt namn?" krävde hennes far.

"Tja, jo", medgav hon.

"Då är du en läkare", förklarade han med en ton av slutgiltighet.

Hon skrattade åt hans beslutsamhet att vara stolt i fullaste mått över hennes prestation och kände sig, ärligt talat, rätt stolt själv i just den stunden när hon gled in i baksätet i bilen bredvid honom. Elliot körde, och hennes fars egen seniore agent, Ramón Gutierrez, satt bredvid honom, med de andra i en liten kortege av bilar runt dem. De var förstås på väg till Guàlizeanska ambassaden. Även om Ariana bodde i sin egen mycket bekväma lägenhet i Georgetown, med sitt säkerhetsteam i lägenheterna på varsin sida, var det uteslutet att låta hennes far bo hos henne. Justitieministern i Guàlize var ett alltför högprofilerat mål för att riskera en plats med så låg säkerhet.

"Berätta hur det är hemma, Papi", bad Ariana medan limousinen spann mjukt fram. "Det var så länge sen. Arton månader", hennes ton var vemodig. Även om hennes far kom till USA tre eller fyra gånger om året och alltid såg till att avsätta tid i sitt fullspäckade schema för att vara med henne, insisterade han alltid på att Guàlize var för oroligt just nu för att hon skulle komma hem.

”Bra.” Han nickade. ”Du läste att vi till slut grep den där idioten som försökte hetsa fram ett uppror? Tja, rörelsen föll samman utan Duarte, och landsbygden är lugn igen.”

”Det är underbart, Papi!” Hon kramade hans arm lyckligt och lade sedan på sin mest hoppfulla min. ”Så, eftersom min specialistutbildning på Johns Hopkins inte börjar förrän om sex veckor, kanske jag kan komma hem och hälsa på ett tag?”

Han tvekade, skakade på huvudet med sorgset sammanpressade läppar. ”Det finns fortfarande hot, Ari.”

”Det kommer det alltid att göra. Det är ju därför jag har Elliot och mitt team, eller hur?” Hon hade sedan länge accepterat nödvändigheten i att leva med hög säkerhet och ständig granskning. Efter sin mammas död välkomnade hon teamets hängivna beskydd, men hon vägrade att leva i rädsla.

”Du måste ordna flytten till din nya lägenhet...” Raul höll på att förlora diskussionen, och han var väl medveten om det när hon gav honom en rak blick.

”Papi. Jag kommer hem. När min specialistutbildning väl börjar kommer jag att jobba åttio- eller hundratimmarsveckor, och semesterdagarna blir lätträknade. Jag vill tillbringa lite tid med dig innan det börjar. Det var alldeles för länge sen jag var hemma.” Hon saknade Guàlize förtvivlat. Även om hon sedan länge hade förlikat sig med att fullfölja sina studier och sin specialistutbildning i USA, drömde hon fortfarande om att en dag återvända hem och använda sina hårt förvärvade läkarkunskaper till att förbättra sitt eget folks villkor.

Han suckade. "Du låter Elliot ordna allt?"

Han hade redan gett med sig; hon hade väntat sig att det skulle ta flera minuter till av övertalning. Ariana log segervisst när Elliot kastade en blick i backspegeln och nickade, en försäkran till hennes far om att han alltid skulle se till Arianas säkerhet.

"Självklart, Papi", sa hon sedesamt. "Vad du än säger."

Reseupplägget inkluderade privatjet, som brukligt. Ett reguljärflyg var uteslutet, och ingen utanför en mycket liten krets av betrodda agenter kände till att Ariana skulle åka till Guàlize över huvud taget. Raul hade ordnat två veckors ledighet från sina regeringsuppdrag, och de planerade att resa till familjens privata egendom en timmes helikopterfärd från Guàlize City så snart hennes plan landat, för att njuta av en trevlig ledighet i varandras sällskap.

Övertydligt upprymd sparkade Ariana av sig skorna så snart de steg ombord på planet och fick höra tre gånger av Elliot att hon skulle sätta sig ner och spänna fast säkerhetsbältet.

"Jag skulle tro att du var sexton, inte tjugosex, om jag inte hade sett hur mycket kunskap du tryckt in i huvudet de senaste åren. Och nu sätter du dig ner så att vi kan lyfta!" Han lade en fast hand på hennes axel och tryckte ner henne i sätet.

Hon log upp mot honom, de bruna ögonen tindrade av förväntan. "Jag är bara så otroligt taggad över att få åka hem, Ell!"

"Jag vet." Han slog sig ner i sätet mitt emot henne och knäppte sitt eget bälte. "Men vi har fortfarande en fem timmars flygning till Guàlize City och sedan ytterligare en timme i helikopter, så lugna ner dig, annars driver du mig till vansinne."

Hon skrattade och lydde, åtminstone tillfälligt, tills planet hade lyft och nått marschhöjd. Sedan var hon uppe igen, full av outsinlig energi som måste ut. Hon tog långa kliv fram och tillbaka i gången, och stannade till för att prata uppspelt med Emma, den enda i hennes säkerhetsstyrka som ännu inte hade besökt Guàlize och som nästan var lika entusiastisk över resan som Ariana själv.

Elliot suckade och sjönk djupare ner i sätet, blicken följde Ariana med öm värme. Hon var som en lillasyster för honom, och hans fru, Mara, tog ständigt hand om henne, uppmanade henne alltid att äta bättre, vila mer. När han tänkte på Mara log han tyst för sig själv. Hon hade inte kunnat följa med till Guàlize nu, eftersom hon inte fick ledigt från jobbet, men hon skulle komma efter om en vecka med ett reguljärflyg. Raul lånade dem till och med familjen Monterros strandhus för en veckolång resa som Elliot såg fram emot, trygg i vissheten att han kunde lita på Rauls egen högutbildade säkerhetsstyrka att skydda Ariana lika nitiskt som han själv skulle ha gjort.

"Vi måste ha champagne för att fira!" utropade Ariana då. "Tomàs, öppna en flaska — eller två! Alla ska få!"

Tomàs, före detta FBI-agent, såg på Elliot för bekräftelse. Han kastade en blick på klockan, log och nickade.

”Ja, alla tar ett glas. Det hinner vara ur blodet för länge sen när vi landar.”

Det kom ett litet hurra från de andra i styrkan, ett litet men glödande hängivet team av kvinnor och män som Elliot handplockat. Tomàs log brett och nickade, och gick mot planets bakre del. Han kom tillbaka ett par minuter senare med en bricka med fyllda champagneglas balanserade som en proffsig servitör, och räckte runt till alla.

”Jag glömde mitt!” sa han och skakade på huvudet, gick tillbaka till pentryt och kom tillbaka med ett sista glas. ”För Arianas hemkomst!” utbringade han, och lyfte glaset mot läpparna.

Ariana skrattade muntert och tog en lång klunk champagne, medan de andra ekade Tomàs skål och förenade sig med honom i drickandet.

Tomàs tömde sitt glas och satte det på ett bord. Han lutade ryggen mot skottet och korsade armarna, iakttog de andra medan de smuttade och pratade; Arianas glada skratt ljöd igen när hon svarade på Emmas frågor om sitt hemland.

Du ska nog hem, prinsessa, tänkte han för sig själv. *Bara inte riktigt på det sätt du hade tänkt dig.*

Det kom så gradvis, en krypande känsla av håglöshet, att Elliot först trodde att det bara var tröttheten som hann ikapp honom. Han hade haft ett par långa veckor, med att ordna säkerheten inför resan, fixa Arianas flytt till hennes nya lägenhet, plus att göra bakgrundskontroller på hennes blivande kollegor på Johns Hopkins. När han ställde ifrån sig champagneglaset på bordet mellan hans och Arianas säte blev han dock lite orolig över att han inte verkade ha någon känsel i handen. Han såg med växande fasa hur glaset slog hårt i bordsskivan, när handen inte längre lydde honom.

När han lyfte handen mot ansiktet kändes det som om den vägde hundra kilo; det krävdes en enorm ansträngning. Det krävdes ännu mer kraft att vrida på huvudet och se på de andra, att se Emma sjunka tillbaka i sitt säte med slutna ögon, champagne som rann över hennes knä från det tappade glaset. Ariana som gled mjukt ner på golvet mitt i gången, hennes glas krossades bredvid henne.

”Drogade”, lyckades Elliot pressa fram genom en tunga som plötsligt kändes för stor för munnen. Hans blick föll på Tomàs som fortfarande stod upp och såg på dem med ett sardoniskt leende. ”*Du.*”

”Jag”, sa Tomàs, vecklade ut armarna och kom fram med dödlig grace.

”Varför?” hann Elliot flämta fram med de sista krafterna när Tomàs kraftfulla händer grep tag om sidorna av hans huvud.

Det kom inget svar. Bara ett äckligt knak och sedan svart.

Kapitel två

Tomàs lät Elliots kropp glida ur händerna och kastade en blick omkring sig. Alla andra hade dukat under för den förgiftade champagnen tidigare; Elliot var en stor man och drogen hade behövt lite längre tid för att verka. Metodiskt rörde sig Tomàs genom kabinen, upprepade sina mordiska handlingar på varje medvetslös medlem av säkerhetsteamet. När det gällde Ariana lyfte han bort henne från skärvorna av krossat glas, lade henne i en stol och lät henne bli kvar där, framstupa över armstödet. Hon skulle förbli medvetslös i åtminstone några timmar till, gott om tid för honom att genomföra resten av planen. Egentligen hade han inte tänkt slå till riktigt så snart, men att alla drack samtidigt var en chans som var för bra för att låta gå, särskilt som Ariana lägligt hade bett honom hämta champagnen. Piloterna skulle inte komma in i kabinen för att leta efter dem; de var anlitade proffs med order att stanna i cockpit om inte nödvändigt. Ändå tog Tomàs sig tid att arrangera allihop så att det såg ut som om de bara sov, och han sparkade in glasskärvorna under ett säte så att de inte syntes direkt. För säkerhets skull. Han var en pedantisk man som inte lämnade något åt slumpen.

När han slog på telefonen för att kolla tiden, slog han även på GPS:en och tog fram en karta för att kontrollera deras position. Gott om tid att vänta; de flög fortfarande över USA — de hade inte ens passerat från Georgia in i Floridas luftrum än. Han hällde upp ett nytt glas oförfalskad champagne och slog sig ner i sätet mittemot Ariana för att sippa långsamt, samtidigt som han i huvudet gick igenom stegen han behövde ta för att fullborda sina planer och övervägde varje möjlighet som kunde stå i vägen för hans framgång.

Lite drygt tre timmar senare pingade hans telefon mjukt, den signalerade att planet passerat en viss punkt i södra Karibien och att det nu var dags att förbereda den sista etappen av planen. Han reste sig och rörde sig målmedvetet genom planet, samlade ihop det han skulle behöva.

Han lyfte upp Arianas medvetslösa kropp och klädde metodiskt av henne. Hon hade redan tagit av sig skorna, skor som han mycket väl visste innehöll inbyggda spårsändare eftersom han hade lämnat in nya par till elektronikfirman som installerade dem. Såvitt han visste hade man inte vidtagit samma försiktighetsåtgärder med hennes kläder, men återigen tänkte han inte chansa. Allt åkte av, inklusive hennes klocka och de små guldfästena i öronen. Han klädde av Emmas kropp och satte Arianas kläder på henne i stället. Ariana var några centimeter längre och Emma var kraftigare byggd, men den enkla kombinationen av svarta byxor och blus passade tillräckligt bra. Emmas skor var däremot för små, så han lät Ariana vara barfota. Han skulle ordna skor åt henne när de väl var på marken.

Han bar Ariana till den bakre dörren, lade hennes slappa kropp på golvet medan han öppnade en överskåpslucka och tog fram en sele av remmar och en packad fallskärm.

Det tog bara ett par minuter att fästa selen på Ariana. Han lämnade fallskärmen på golvet bredvid henne och gick fram till cockpitdörren, där han knackade bestämt.

Dörren öppnades efter ett ögonblick. ”Señor Fuentes, *que pasa?*” sa andrepiloten med ett glatt leende när han fick syn på honom och halvreste sig i artig hälsning.

”Jag kom bara fram för att se var vi är, Esteban. Varsågod, sitt”, gestikulerade Tomàs med ett leende, och andrepiloten nickade, vände ryggen till och började sjunka tillbaka ner i sitt säte.

Mannen hann inte ens uppfatta sin annalkande död innan Tomàs kniv skar tvärs över hans strupe. Paulina, piloten, kastade en blick mot dem, hennes mun öppnades för att skrika i fasa — ett skrik som aldrig kom. Det blev bara ett hemskt gurglande när Tomàs skar upp hennes hals också, hans tunga, rakbladsvassa stridskniv skilde hud och muskler som smör. Pilotens ögon blev glansiga när livsblodet sprutade ur den uppskurna halsvenen, död innan hon ens hann tänka på att göra motstånd.

Han ignorerade blodet som stänkt över instrumentbrädorna, sköt in kniven i slidan och lutade sig fram. Han hade genomgått en hel veckas träning för just detta ögonblick och visste att han skulle behöva utföra en lång sekvens av komplexa kommandon enbart ur minnet. Han tog fram den redan aktiverade autopiloten och knappade in koordinaterna, överstyrde de automatiska säkerhetsvarningar som dök upp. Han mumlade de inövade stegen för sig själv tills han till sist var säker på att allt var korrekt gjort. På klackarna vände han, lämnade snabbt cockpit och lät de två döda piloterna hänga framstupade i sina säten medan planet svängde in på sin slutliga kurs.

Några ögonblick senare drog Tomàs på sig sin fallskärm och spände remmarna; han lyfte upp Ariana och fäste hennes sele mot sin bröstkorg, och kollade GPS:en på telefonen igen.

Bara några sekunder till... *Nu*! Han stack ner telefonen i en ficka och drog igen blixtlåset, ryckte i nödöppningshandtaget på dörren. Omedelbart slet vinden tag i honom och försökte rycka ut honom och Ariana i tomma intet, men han var en erfaren fallskärmshoppare och hade spänt fast sig mot dörrkarmen.

"Dags att gå, prinsessa", sa han till den medvetslösa flickan som hängde slappt framför honom och klev ut ur planet.

Tomàs såg den första signalpjäsen tändas i djungeln nedanför just när han hoppade; han log för sig själv. *Perfekt*. Det blåste inte ens särskilt mycket i dag. Arianas livlösa tyngd gjorde det svårt att styra i fritt fall, men han skulle ha gott om tid till det när han väl öppnade skärmen.

Fallskärmen slog ut perfekt ovanför honom — så klart den gjorde det, han hade packat den och han var ett proffs. Han hade tyckt om att hoppa fallskärm i många år, redan innan han gick med i FBI och senare i Ariana Monterros säkerhetsteam.

Med händerna om styrhandtagen styrde han skickligt mot det smala svarta band som knappt anades mellan träden som rusade upp för att möta honom. Att fastna i djungelns trädkronor var inte direkt den entré han ville göra, så han var noga med att styra mellan trädens höga grenar.

Det svarta bandet var en väg, det visste han. Hade han varit ensam hade han gjort en perfekt löpande landning, men med Ariana hängande medvetslös under sig kunde han inte göra det. Han ville inte heller släpa henne längs vägens grova yta. Han fick betalt för att leverera henne i så gott som perfekt skick, trots allt. Så han slog loss fallskärmens snabbspännen några fot ovan marken, grep tag i Ariana och rullade sig runt henne i ett kullerbyttesfall som landade dem i ett virrvarr av armar och ben på den mjukare marken precis i vägkanten.

Det var ändå den mest obekväma landning Tomàs någonsin varit med om, och han blev liggande en stund, drog in några djupa andetag och testade försiktigt sina lemmar. Inget brutet, bara några blåmärken. Ariana var fortfarande däckad, och han kunde inte hitta några uppenbara skador när han hukade sig över henne för att snabbt känna igenom henne. Mullret från en motor nådde hans öron, en gammal skåpbil stannade bara ett par meter bort, men han såg inte upp från sin uppgift. Hans nye arbetsgivare var en krävande man, och Tomàs fick betalt för att leverera Ariana Monterro i perfekt skick.

”*Hola*, Señor Fuentes”, sa en röst ovanför honom.

Han tittade upp och log. ”Hej, sir. Jag har ert paket.”

KAPITEL TRE

"Personligt telefonsamtal till er, sir", sa hans sekreterare när kapten Jack McAuley klev in på sitt yttre kontor, fortfarande svettig efter morgonens träningspass. Han skulle duscha och byta om i det lilla badrummet intill kontoret innan han tog itu med den pappershög han såg torna upp sig på skrivbordet.

"Säg att jag ringer tillbaka." Han kunde inte komma på någon i sitt privata liv som skulle behöva honom för något som inte kunde vänta femton minuter medan han duschade.

"Sir... det är Mr. Saviges fru. Hon säger att det är brådskande." Hans sekreterare var en smart, ung underofficer som visste när hon skulle avbryta honom.

"Mara?" En iskall känsla spred sig i Jack, en föraning som fick de fina håren i nacken att resa sig. Han stannade mitt i steget på väg in i sitt privata kontor och blinkade, överrumplad. *Varför skulle min bästa väns fru ringa mig på jobbet?* "Jag tar det inne på mitt kontor."

"Ja, sir."

Linjen klickade när han lyfte luren på skrivbordet i sitt lilla kontor, vilket innebar att hans sekreterare hade lagt på. "Mara? Är du där? Det är Jack."

"Jack." Hennes röst var tung av tårar. "Åh, Jack..."

Han förstod direkt; han hade hört den där sorgen alltför många gånger. "Vad har hänt?" krävde han att få veta. "Är Elliot okej?" Han tvekade innan han pressade fram ett namn till. "Ariana?"

Det hade gått sex år sedan han sist hade sett *henne*. Även om Elliot och Mara var en självklar del av hennes liv, hade han noggrant undvikit alla tillställningar där hon möjligen kunde vara, inte så svårt eftersom de hade flyttat till D.C. med Ariana och Jack fortfarande bodde på Rangerbasen i Fort Benning. Ändå gick hans första tanke, vid minsta antydan till trubbel, till kvinnan som hade fångat hans hjärta och aldrig släppt taget.

"Planet kraschade, Jack..."

Han kunde inte andas. *Ari*. Tanken på henne som död, på hennes lysande livskraft utsläckt, var mer än han kunde bära. Det tog honom flera försök att få fram det enda ordet: "Var?"

"De skulle till Guàlize, Ari skulle tillbringa några veckor hos Raul efter examen... Jag hade tänkt flyga ner om några dagar, Raul hade erbjudit Elliot strandhuset; vi skulle åka på semester." Mara grät fortfarande, men nu långsammare. "Guàlizes president ringde mig personligen och berättade. Jack, jag orkar inte. Jag kan inte... jag får inte tag på Raul och de vill att jag flyger ner och identifierar Elliot..."

"Nej." Jack visste instinktivt att Mara inte skulle klara det. Inte ens om Elliots kropp var tillräckligt intakt för att identifieras, vilket efter en flygplanskrasch inte var särskilt troligt. Särskilt inte om flygplanet hade brunnit. Tanken på att Mara skulle ställas inför Elliots söndertrasade kropp var oacceptabel, så hans reaktion kom direkt, utan eftertanke. "Jag åker, Mara. Jag tar hem honom."

Hon snyftade av lättnad. "Tack, Jack, herregud, tack så mycket."

"Är du ensam? Du borde inte..."

"Nej. Nej, jag är inte ensam. Min syster är här med mig. Jag följer med henne hem ett tag... du har mitt nummer."

"Det har jag. Jag ringer så fort jag hittar honom, Mara. Jag lovar. Jag tar hem Elliot åt dig."

Han stirrade torrögd på väggen i en hel minut efter att Mara hade lagt på, med luren fortfarande i handen, medan han mindes sin vän. De slitiga dagarna på Ranger School tillsammans när de skämtsamt tävlade om att vara bäst men ändå alltid lyfte upp varandra när de kände att de inte orkade ett steg till. De ännu mer krävande uppdragen genom Mellanösterns öknar och Afghanistans berg. Eldstriderna. De snabba stygn som Elliot lagt i ett kulhål i Jacks ben under ett helvetesuppdrag i Somalia, innan de halvt burit varandra från slagfältet.

De goda stunderna. Att stå bredvid Elliot när hans bästa vän gifte sig med sin barndomskärlek, en smula avundsjuk på den uppenbara kärlek paret delade. Att sörja med Elliot efter att vännen en kväll, berusad, hade erkänt att han sköt blindskott, att han inte kunde ge Mara barn. Att skratta, men bestämt säga nej när Elliot bad honom om en spermiedonation. "Mara älskar dig, Ell. Du behöver inte barn för att vara komplett. Särskilt inte en stor gökunge i boet, vilket vilket barn till mig som helst skulle vara. Om Mara frågar, kanske jag säger ja; annars definitivt nej."

Mara hade aldrig frågat, vilket var hur Jack visste att det hade varit Elliots idé och bara hans. Mara hade aldrig behövt mer än Elliots kärlek för att vara lycklig.

Och nu hade hon inte ens det, sitt livs kärlek bortryckt av en tragisk olycka, hans kropp kall och skändad på någon avlägsen bergssida.

Tillsammans med Arianas.

Jacks tankar vek undan från den tanken. Han tryckte på en knapp på telefonen och sa till sin sekreterare: "Underofficer Kowalski, koppla mig till överstelöjtnant Cullane omedelbart, tack."

"Jag har honom, sir", sa Kowalski ett par minuter senare.

Det klickade på linjen och hans befäl, Brody Cullane, sa med djup röst: "Kapten McAuley; vad är problemet? Er sekreterare sa att det var brådskande."

"Jag fick precis ett samtal från Mara Savige, sir. Elliot Saviges fru? Det har skett en flygkrasch i Guàlize, och det verkar i princip säkert att Elliot är död."

Brody drog efter andan. "Åh *helvete*, Jack, jag beklagar." Han kände väl till den nära vänskapen mellan de två männen. "Arbetar han fortfarande för familjen Monterro?"

"Ja, sir." Jacks egen indragna andning var en aning ostadig. "Det finns en hög sannolikhet att även Ariana Monterro har omkommit."

Brody var tyst ett ögonblick och frågade sedan med lugn, formell ton: "Vad behöver du, kapten McAuley?"

Jack drog en tyst suck av lättnad och lutade sig tillbaka i kontorsstolen. "Mara Savige har bett mig åka ner för att identifiera Elliots kropp och föra hem honom. Jag vill be om officiell ledighet för det."

"Beviljat", kom svaret direkt. "Jag skriver ut dig på en vecka med detsamma; säg till om du behöver mer tid. Vill du ha med dig ett team?"

"Det tror jag inte, sir", sa Jack tacksamt. "Om inte", en illavarslande tanke slog honom, "om det inte var en olycka. I så fall tycker jag att vi bör vänta på en officiell begäran om hjälp från guàlizeanerna i alla fall, om de väljer att lägga en sådan."

"Jag lämnar det till ditt omdöme när du är på plats. Håll mig underrättad om läget — och framför min djupaste medkänsla till minister Raul Monterro."

Om han gjorde det, skulle det vara ett erkännande av att Ari var död. Jack slöt ögonen av sorg. "Ja, sir", var allt han sa.

"Har du transport?" Brodys ton blev åter rappt effektiv.

"Inte än, sir. Jag tänkte ta mig till flygplatsen och sätta mig på första bästa flyg som tar mig till Guàlize."

"Jag tror att vi kan fixa något snäppet bättre än ett reguljärflyg, Jack. Låt mig dra i några trådar. Då kan du ta dig till själva kraschen betydligt snabbare utan att behöva vada genom milvis av byråkrati. Med lite tur kan jag få guàlizeanerna att ge tillstånd för att du hoppar fallskärm direkt; det betyder att du kan gå in i uniform och beväpnad också. Du skulle vara vår officiella representant."

"Jag tror att ambassadören kan ha något att säga om det, sir!"

"Inte USA:s officiella representant i landet, Jack." Brody fnös av skratt. "Rangers officiella representant hos Raul Monterro, som erbjuder vår hjälp med vad han än behöver. Det kan jag fösa förbi myndigheterna ganska snyggt, särskilt om du går in i uniform men inte via flygplatsen. Vi har tillräckligt med historik med Monterro, särskilt du personligen, för att jag ska kunna få beslutsfattarna att godkänna det ganska snabbt, och *det* betyder att jag kan casha in några gentjänster från flygvapnet för att få dig ner dit."

"Jag överlåter det åt er överlägsna förmåga att fjäska, sir", sa Jack med extremt artig ton.

Brody skrattade. "Stick härifrån, Jack. Gå och gör i ordning din packning. Och håll mig för helvete uppdaterad." Han föll tillbaka i en dyster ton. "Jag skickar Selina till Mara Savige. Försäkra henne om att Rangers finns här för henne även om Elliot dog som civil. Du tar hem hans kropp så att vi kan ge honom det avsked han förtjänar."

"Ja, sir", var allt Jack kunde säga. "Tack så mycket, sir", lade han till innan han lade på och lutade sig tillbaka i stolen för att pressa handflatorna hårt mot sina brännande ögon.

Brody ringde tillbaka två timmar senare på hans privata mobil. Jack var hemma och förberedde sig för minst en veckas frånvaro, fick grannen att ta in posten och tömde kylskåpet. Han hade redan packat en fallskärm och en lätt packning med ett par extra uppsättningar fältuniform. Han skulle inte gå in beväpnad för krig, men han planerade att ta med sitt personliga tjänstevapen och ett par magasin med ammunition, förutsatt att Brody kunde ordna tillstånd att ta in dem i Guàlize.

"Allt är fixat med höga vederbörande", gick Brody rakt på sak. "Jag väntar på ett samtal från min motsvarighet i flygvapnet, som just koordinerar med guàlizeanerna när och var du ska släppas. De pratar inte med någon om kraschen; det hålls väldigt hemligt just nu."

Det lät skumt i Jacks öron, och han sa det genast.

”Både du och jag”, blev Brodys svar. ”Ariana Monterro är en VIP där nere enligt vilken definition som helst, i och med att hennes far med största sannolikhet blir nästa president enligt vad min källa på utrikesdepartementet sa. En flygplanskrasch med henne inblandad borde vara överallt i nyheterna, men ingen här hade en aning om att det hade hänt förrän jag berättade det.”

”Jag visste inte att Raul Monterro stod på tur att bli president”, sa Jack, häpen.

”Inte jag heller, men State verkar rätt säkra. Guàlizeanerna har ett liknande system som vi; deras president kan bara sitta maximalt två fyraårsperioder. Snacket säger att Raul är kronprinsen, och valet är mindre än två år bort. Inget är officiellt än, men hans popularitet hos allmänheten, goda relationer med USA och hans vilja att gå hårt åt knarkkungarna borde göra honom i princip självskriven för väljarna.”

Jack gnuggade pannan och svor mellan tänderna. ”Det här komplicerar saker rejält.”

”No shit, Sherlock. Jag skickar ner din paraduniform till amerikanska ambassaden i Guàlize City ifall du måste visa dig offentligt med Raul. State sa i klara ordalag åt mig att göra det kristallklart att Monterro, president Garcia och landet Guàlize har USA:s fulla stöd. De har ett team från National Transportation Safety Board stand-by för att åka ner och bistå i utredningen, men begäran måste komma därifrån. Det blir ditt beslut på plats om du ska pressa Raul att begära det, Jack, så håll ögonen öppna och huvudet kallt.”

”Ja, sir”, var det enda möjliga svaret Jack kunde ge på den instruktionen.

Så här var han nu, flera timmar senare, och såg ner på djungeln som rusade förbi under flygplanets buk, återigen på väg att öka sin kvot av starter i förhållande till landningar.

"Redo, kapten?" ropade lastmästaren honom i örat, och han nickade skarpt och drog ner gogglesen. Det var inte ett särskilt högt hopp; de låg bara på femton tusen fot. Han kunde se berget nu, det enorma sår som slitits upp i grönskan av det dömda flygplanet när det brakade genom den täta djungelns trädtak. "Tre, två, ett, *hopp!*"

Ingen överlevde det där, var Jacks första tanke när han föll fritt mot kraschen. Flygplanet hade brutits upp i ett halvdussin stora delar; han var något förvånad över att det inte såg ut att ha varit mycket brand, men det hade varit mindre än hundra miles från destinationen Guàlize City — troligen fanns det inte mycket bränsle kvar i tankarna. Regnskogen var tät här, med gott om regelbundna skurar. Kanske var lövverket tillräckligt vått för att elden inte skulle få fäste. Han vecklade ut fallskärmen i perfekt ögonblick och fortsatte att överblicka kraschen från luften när fallet saktade in till glidflykt.

Där borta, tänkte han, *den svarta randen i djungeln är spår av en brand*. En av motorerna kanske, som slitits loss från en vinge när planet gick genom trädtaket.

Ett tänt bloss fångade hans uppmärksamhet, och han vände på huvudet och insåg att någon försökte lotsa in honom för landning. Det var sidvind, men för en expert på fallskärm som Jack var det inga problem att justera inflygningsvinkeln och landa där han blev anvisad, i den uppröjda fåran på vägen fram mot vraket.

"Kapten McAuley?" mannen som guidat in honom skyndade fram och frågade på kraftigt bruten engelska. "Minister Monterro är på väg."

"Tack." Jack frigjorde sig ur selarna och lyfte upp sin packning, drog den över ryggen. "Visa vägen." Illamåendet vred sig i magen när han följde vägvisaren, ögonblicket kom allt närmare då hans mardröm skulle bli alltför verklig. Han hade sett ohyggliga saker i krig, men det här var inte krig... och Ariana Monterro hade aldrig varit soldat. Hon förtjänade så mycket bättre än ett chockartat, abrupt slut på denna avlägsna djungelsluttning.

Han spände sig inför det han skulle möta och påminde sig om att mannen han var på väg att träffa hade förlorat allt. Ariana var inte bara Raul Monterros enda barn, hon var den enda familj mannen hade kvar. Jack var skyldig Raul varenda uns professionalism han kunde uppbåda. Att falla sönder var inte acceptabelt, hur mycket sorgen än slet honom i bitar inuti.

KAPITEL FYRA

RAUL MONTERRO HAR ÅLDRATS, var Jacks ovidkommande första tanke när han kände igen mannen som skyndade emot honom, flankerad av en hel falang livvakter. Det fanns vita stänk vid tinningarna, skarpa mot det svarta håret, linjer kring ögonen som talade om press. Men det hade gått sex år sedan deras senaste möte, och det Monterro hade varit med om bara de senaste timmarna skulle ha åldrat vem som helst.

"Sir." Han gjorde honnör, formellt. "Har de hittat henne?"

Raul skakade på huvudet. "Inte än. Vi har Elliots kropp, däremot. Jag kan identifiera honom, förstås, men eftersom Mara ville att du skulle komma..."

"Jag lovade att jag skulle föra hem honom", sa Jack enkelt.

Raul nickade med full förståelse. "Den här vägen."

Flygplanskroppen är förvånansvärt intakt, insåg Jack medan han följde Raul, medan livvaktsfalangen betraktade honom misstänksamt. Planet hade inte gått rakt in i bergssidan som han först trott, utan längs med den, och rivit upp ett brett stråk av grönska. Vingarna hade lossnat först, motorerna med dem, en liten brand hade tänts i den våta regnskogen men slocknat fort och aldrig nått själva flygkroppen, som spruckit i tre delar: nos, mittsektion och stjärt.

"Jack", sa Raul lågt, "officiellt kallar de det fortfarande en olycka, men det är något du borde se." Han ledde Jack mot nossektionen och den krossade cockpitdörren som hängde lös på sina gångjärn.

När Jack såg Rauls ansikte förstod han genast att något var mycket, mycket fel med bilden han hade framför sig. Han sköt den tillknycklade dörren åt sidan, lutade sig in i cockpit och såg de två piloterna fortfarande fastspända i sina säten, framstupade över instrumenten.

Blodet som färgade deras vita skjortor var nästan svart.

Jack, sedan länge avtrubbad inför dödens lukt, ignorerade den. Han sträckte fram handen och tippade varsamt upp en av piloternas haka. Läpparna stramades när han såg vad han behövde se. Han mötte Arianas fars blick och nickade för att visa Raul att han förstod. Raul lade en hand på hans arm och visade att de skulle gå bort från alla lyssnande öron runt dem.

"Deras strupar var avskurna", sa Jack lugnt medan Raul ledde honom bort från kraschen och vinkade åt livvakterna att ge dem lite utrymme. "Det här var ingen olycka."

"De andra, Elliot inräknad, hade alla nackarna brutna. Jag är övertygad om att alla dog före kraschen — och det här hittades i pentryt för en timme sedan." Raul tog upp en genomskinlig plastpåse för bevis ur fickan och höll upp den så att Jack kunde se innehållet: en krossad glasampull med en etikett som fortfarande var tydligt synlig och höll ihop några av skärvorna.

KETAMIN.

Fläckar av raseri simmade framför Jacks ögon. ”Ari. Det här gjordes för att ta Ari. Vem?” Det måste ha funnits någon mer ombord. En fripassagerare...

”Förutom Ari är den enda kropp vi inte lyckats hitta Tomàs Fuentes. Han var tidigare FBI.” Rauls blick glittrade av samma raseri som Jack kände. ”Han tog min dotter, Jack. De tog henne *igen*.”

Jack andades in. Ut. Fokuserade på rytmen och försökte lugna det instinktiva, brännande raseri som bubblade upp i halsen och kvävde honom. ”Berätta om Fuentes. Jag känner honom inte.”

”Han hade varit hos oss i två år.” Raul stack tillbaka plastpåsen i fickan och knöt nävarna. ”Han var fullständigt betrodd. Jag har folk som går igenom hans akt med luskam igen, men Elliot hade redan kollat upp honom. Det fanns inget att hitta. Ett mönsterregister hos FBI, en guàlizeansk farfar som emigrerade till USA någon gång på sextiotalet, han kryssade alla våra rutor. Elliot ville ha honom för hans kompetens inom gärningsmannaprofilering, med tanke på alla nya människor Ari kom i kontakt med i sitt arbete.”

”Sir!” Ett rop bakom dem fick dem att vända sig om. En av letarna höll upp något i handskbeklädda händer... något klarorange. ”Vi har den andra svarta lådan, sir!”

”Jag vet att du har lovat att ta hem Elliot till Mara, Jack, och det ska jag ordna så snart som möjligt. Men snälla, jag ber dig.” Raul lade handen på Jacks arm. ”Varenda människa jag litade på med min dotters liv är nu död, utom en som har förrått oss... och dig. Hjälp mig att hitta henne. Snälla.”

”Du ska veta att du inte ens behöver be, Raul. Jag ska hitta henne, och jag ska ta hem henne”, sa Jack mellan sammanbitna tänder.

”Bra. Du kommer förstås att få allt du behöver, alla resurser Guàlize har står till ditt förfogande...”

”Nej”, sa Jack omedelbart.

”Vad?” Raul blinkade.

”Det här måste hållas tyst, Raul. Den som gjorde detta gick igenom mycket besvär och stora kostnader. Flygkraschen är en skvättig, uppseendeväckande kupp; den som organiserade det här vill ha uppmärksamhet, vill veta att han har krupit under skinnet på dig. Om du mobiliserar hela den guàlizeanska militären blir det här överallt i nyheterna. Du ger kidnapparen precis det han vill ha.”

Raul såg eftertänksamt upp på Jack. ”Vi måste ge honom det han vill ha för att få tillbaka Ariana.”

”Jag är hundra procent säker på att du inte kommer att kunna leva med att ge honom det han kommer att kräva i utbyte mot Arianas liv.” Jack höll den äldre mannens blick stadigt.

Raul sänkte blicken och svor sedan mellan tänderna. ”Du har rätt. Fan också, du har rätt. Och ju mer vi slår upp det här i nyheterna och gör ett jättenummer av det, desto mer vet han att han kan kräva, vem han nu än är. Och han har en FBI-tränad agent på sin lönelista, en man som kan standardtaktiken för gisslanförhandlingar, som vet exakt vilka drag som normalt brukar göras.”

”Vi måste tänka utanför boxen för att överlista Fuentes; vi måste få kidnapparna att komma till oss. Så inget i nyheterna, Raul, ingen sörjande far som vädjar om nåd. Inget erkännande av att den här flygkraschen ens har ägt rum. Varenda en av de här människorna du har här måste förstå att om de så mycket som andas ett ord om att det här planet gick ner, så gör de Raul Monterro till en fiende för livet."

"Vi får kidnapparna att komma till oss", upprepade Raul eftertänksamt.

"Korrekt. På så vis förhandlar du från en styrkeposition, även om det är de som sitter med ess på hand. Eller damen, i det här fallet."

"Och du?"

"Jag är den som spårar svinen och bryter nacken av dem med bara händerna för att de ens *tänkte* ta Ari", sa Jack, med ögon hårda som flinta av kokande raseri.

Raul log och visade tänderna. "Jag kan inte säga hur glad jag är att du sa det." Han räckte fram handen och greppade Jacks i ett fast handslag. "Jag sköter förhandlingarna. Du bara dödar jävlarna och tar tillbaka min dotter."

Kapitel fem

Ariana vaknade med hundra små arga män som borrade bakom ögonen. Stönande förde hon händerna upp för att skydda dem mot det starka ljuset som föll i ansiktet.

Något stämde inte. Mycket. För mycket.

Fokusera!

Sängen hon låg i kändes för mjuk, och det fanns något märkligt luddigt under henne. Hon tryckte sig upp till sittande och kisade när hon öppnade de värkande ögonen för att se sig omkring.

”Vad i *helvete...*”

Hon befann sig i ett helt främmande rum, i en lyxig himmelssäng med skira draperier längs sidorna. På motsatta väggen hängde en ful, förgylld spegel, vinklad så att den speglade sängen, vilket fick henne att grimasera av avsmak, ännu mer när hon insåg att den fluffiga ytan var äkta jaguarpäls. Hon ryckte händerna ifrån den av äckel.

Äkta päls? Vem kan ens komma på tanken?

När hon såg sig omkring upptäckte hon öppna balkongdörrar; eftermiddagssolen som föll snett in genom dem var det starka ljus som hade landat i hennes ansikte. Höga träd syntes utanför fönstret och det var helt fel, *allt* med det här rummet var fel. Inklusive kläderna hon hade på sig, svarta byxor och en blus hon inte kände igen och som inte verkade sitta riktigt rätt. Ett par billiga joggingskor hade pressats på hennes fötter utan strumpor, så att de svettades obehagligt, men de verkade åtminstone vara i rätt storlek, eller nära nog.

Hon tog sig upp på ostadiga ben med ännu en smärtsam grimas för den bultande huvudvärken och gick mot fönstret för att titta ut. Dit kom hon dock inte; när dörren klickade upp bakom henne snurrade hon runt.

"Tomàs!" sa hon med ett lättat andetag. "Var är vi? Vad är det som händer?" Hon tittade bakom honom efter Elliot, rynkade pannan när hon såg att Tomàs var ensam. "Var är Ell?"

"Elliot är död, Ariana." Hans röst var platt och ganska stadig, uttrycket avstängt.

Hon drog häftigt efter andan och tog ett steg bakåt. "Nej. Nej, det är inte möjligt." *Vad i helvete hände? Det sista jag minns är... att jag körde till flygplatsen, faktiskt.* Hon sneglade mot fönstret och frågade: "Var är vi? Var det en olycka?"

Tomàs nickade. "Vi är i Guàlize. Du är gäst hos min nye chef. Och jag beklagar Elliot och de andra, Ariana, men att de dog var nödvändigt."

"*Du* dödade dem", sa Ariana i chockad insikt när hon såg det likgiltiga uttrycket i hans ansikte.

Långsamt nickade han igen. "Det gjorde jag."

Hon stod och stirrade upp på Tomàs i otro. Han hade åtminstone anständigheten att se skamsen ut, utan att möta hennes blick.

”Varför?” var det enda hon till slut fick fram.

Han gav ifrån sig ett hårt litet skratt. ”Pengar, varför annars?”

Ari blinkade och skakade på huvudet. ”Tomàs, min pappa kommer att betala dig mer för att jag ska återvända oskadd, det vet du...”

”Inte ens din far är tillräckligt rik för att övertrumfa *El Lobo Negro*, Ariana.”

Namnet tog andan ur henne. *El Lobo Negro*. Den Svarta Vargen. Ryktet sade att han var colombian som hade lämnat kartellerna i sitt eget land och fört deras brutala metoder till Guàlize för ett decennium sedan, men om någon visste hans riktiga namn, så sa de det inte. Hans alias och en suddig bild tronade överst på hennes fars lista över de tio mest efterlysta.

Om Tomàs arbetade för Den Svarta Vargen, om hon verkligen var i det där monstrets våld, skulle hon inte återlämnas levande till sin far. Med en ödesmättad acceptans tog Ariana till sig den oundvikliga sanningen. Efter sin mammas död hade hon fått sin pappa att lova henne att oavsett vad som drabbade henne skulle han aldrig sätta hennes säkerhet över det guàlizeanska folkets behov. Han skulle aldrig, aldrig förhandla med *El Lobo Negro*, inte ens för hennes skull.

”Ta mig till honom”, sa hon med huvudet högt, även om en del av henne grät inombords vid insikten att hon aldrig skulle få se sin far igen.

”Du kan duscha och byta först; det finns ett badrum där borta”, gestikulerade Tomàs. ”Och en garderob full med kläder, allt i din storlek.”

”Som du försåg den där mördarskiten med så att han kunde skaffa kläderna. Hur länge har du planerat det här,

Tomàs? Du visste ju inte ens att jag skulle återvända till Guàlize förrän för några dagar sedan.”

”Vi visste att du skulle komma tillbaka en dag”, sa Tomàs med en axelryckning. ”Och det här var inte den enda planen för att få hit dig, Ariana. Bara den chans som dök upp först. Så varför går du inte och duschar?”

Huden kröp vid blotta tanken, för hon hade just insett att det måste finnas en kamera i det här rummet, att Tomàs och kanske andra hade sett henne sova. Hur skulle han annars ha vetat att komma in just när hon hade stigit ur sängen? Och om det fanns en kamera här inne, fanns det säkert en i badrummet också.

”Det skulle du gilla, eller hur?” fräste hon, medan raseri och sorg bubblade upp till ytan och vällde ut i orden. ”Vill du gå tillbaka till din monitor och runka till att jag klär av mig och duschar? Aldrig i helvete, din jävla mördare. Jag skulle hellre vältra mig i svinskit än ge dig den tillfredsställelsen.”

Han tog ett litet steg bakåt, till synes överrumplad av hennes intensitet. ”Det finns ingen kamera i ditt badrum.”

Hon trodde honom inte. ”Kanske inte som *du* kan se, din idiot. Kanske är den till din chefs privata nöje. Nå, jag tänker inte bjuda honom på en show heller.” Ariana satte händerna i sidorna och blängde på Tomàs. ”Ta mig till honom. Nu.”

”Det är inte du som ger order här, prinsessa!” snäste han tillbaka, med ansiktet förvridet av ilska. ”Jag får inte betalt för att tillgodose varje jävla nyck du har längre. Jag jobbar för *El Lobo Negro* nu, och om han beordrar att du kläs av och piskas för att du uppför dig som den bortskämda, privilegierade lilla rika subba du är, kommer jag gärna att svinga piskan!”

Hon tänkte inte visa rädsla, trots att Tomàs var en stor man och att han kom emot henne med knutna nävar. Ariana lyfte hakan och mötte hans blick rakt på. "Och vad händer om du slår mig nu, Tomàs? För min gissning är att Den Svarta Vargen har beordrat att jag ska levereras i perfekt skick. Rör mig utan direkta order, så blir det du som får ränderna på ryggen — det vill säga, om han inte bara skjuter dig i huvudet. Jag är hans förhandlingsbricka. Du är bara hantlangaren som redan har visat att du vänder dig mot din arbetsgivare för tillräckligt med pengar."

Tomàs uttryck mörknade ännu mer, och i ett ögonblick trodde hon verkligen att han skulle slå henne. Hon stod still, med ansiktet trotsigt vänt uppåt. Det här vedervärdiga avskumet hade dödat Elliot, Emma och hennes andra vänner. Om han var dum nog att slå henne och få en kula för det, ja, då var det ett problem mindre för henne att hantera. Tomàs *kände* henne trots allt, kände till hur hennes hjärna fungerade. Hon satsade på att ingen annan här gjorde det, och det kunde, möjligen, bli till hennes fördel om hon kunde lista ut något sätt att fly.

Tomàs Fuentes hade ändå varit FBI-agent, och han var ingen idiot, trots raseriet och bitterheten som drev honom. Han slutade gå framåt och nöjde sig med att blänga på Ariana ett ögonblick innan han ryckte på axlarna. "Fint. Vill du gå till honom nu, så går du till honom nu. Vi får se hur *han* hanterar din olydnad." Han pekade mot dörren. "Gå nu, eller så slänger jag upp dig över axeln och släpar ner dig för trappan som en mjölsäck."

Ariana visste när hon skulle låta honom vinna en poäng. *Jag ligger definitivt före i psykleken än så länge,* tröstade hon sig själv när hon gick mot dörren med långsam, avsiktlig gång, hakan höjd. Hon vägrade till och med att se i spegeln hur rufsigt hennes hår var. Hon tänkte inte stå och pudra näsan för någon kidnappande, mördande knarkkung.

Att Tomàs lät henne gå först var faktiskt en sorts välsignelse, för det betydde att han inte kunde se hur hennes blick flackade, inte såg hur hon tog in allt, noterade varje dörr, varje gång hon skulle behöva utforska för att hitta en möjlig flyktväg. De var uppenbarligen på de övre våningarna i ett hus som Ariana drog slutsatsen var mycket dyrt — och *omfattande*. När de kom fram till krönet av en pampig trappa som svepte nedåt i en elegant kurva mot ett golv lagt i svartvita marmorrutor, stannade hon och kastade en blick tillbaka på Tomàs.

"Ner", beordrade han med ett nonchalant knyck på handleden. Hon nickade och vände sig framåt, lade handen på räcket och gick långsamt ner med huvudet högt, medan hon föreställde sig att hon var i presidentpalatset på en stor tillställning iförd en magnifik klänning. Tanken gav henne styrka, och när hon nådde botten spändes hennes käkar av raseri. Raul och Luisa Monterros dotter tänkte inte krypa och kräla och be för sitt liv, inte i dag.

Aldrig någonsin.

Hon stannade vid trappans fot och såg sig omkring, till synes nonchalant, men i själva verket lade hon märke till varje detalj i den ståtliga hallen.

Bredvid stora, reglade dubbeldörrar stod den första andra personen hon sett i huset, en pisksmal man med mustasch som stirrade på henne, blicken gled liderligt upp och ner längs hennes kropp. Ariana stirrade tillbaka med huvudet högt, ögonen sprutade gnistor, tills mannen vek undan med blicken.

Jag tänker inte kuvas. Jag tänker använda varje vapen jag har för att besegra de här svinen.

"Där borta", rörde Tomàs vid hennes axel och puttade henne lätt mot en dörr längst bak i hallen. Hon vände sin blick mot honom, och han släppte hennes axel som om hon hade bränt honom.

Hon tog god tid på sig innan hon rörde sig igen, men när hon väl gjorde det, marscherade hon raskt ifrån Tomàs, grep dörrhandtaget och slet upp den angivna dörren utan att bemöda sig om att knacka. Hon hörde både Tomàs och den andre mannen flämta bakom sig och log ett litet hemligt leende. Ännu en liten seger; hon satsade på att ingen någonsin gick in till Den Svarta Vargen utan att knacka.

Rummet bortom dörren var mörkt med tunga gardiner för fönstren, neddragna trots att det var mitt på dagen. Det tog en stund för hennes ögon att vänja sig, men sedan steg hon fram till rummets mitt för att konfrontera mannen som hade rest sig ur en stol och vänt sig mot henne.

"El Lobo Negro, förmodar jag?" sa hon kyligt.

KAPITEL SEX

JACK OCH RAUL LYSSNADE på inspelningarna från svarta lådan med strama miner. Cockpitinspelningen hade perfekt klarhet, inget behov av tekniskt trolleri för att rena ljudet. Allt verkade normalt fram till ungefär trettio minuter före beräknad landningstid, vilket stämde väl överens med var kraschen inträffat.

Piloterna hade precis lämnats över från dominikansk till guàlizeansk flygledning när det hördes ett knackande ljud och: "Señor Fuentes, *que pasa?*" frågade andrepiloten prövande, innan ett gurglande ljud följde och sedan ett avklippt rop.

Det enda som hördes i cockpit efter det var ljudet av någon som tryckte på tangenter; omprogrammerade autopiloten, det visste de redan, och åsidosatte säkerhetsparametrarna. Enligt akten hade Fuentes ingen formell pilotutbildning. Någon hade coachat honom mycket noggrant i exakt vad han skulle göra för att få jetplanet att krascha av sig själv.

Cockpitdörren klickade igen. Strax över nio minuter senare tystnade inspelningen abrupt, vilket markerade tidpunkten för kraschen.

"Det stämmer med den här punkten i de elektroniska signalerna till cockpit, sir", påpekade flygsäkerhetsutredaren som bistod dem och vände sig till Raul. "Ser ni här?" Han lade ner ett papper med tidsstämplar längs vänsterkanten med olika koder bredvid tiderna som Jack inte begrep. Utredaren pekade på två tidsstämplar mitt på sidan. "Den här tiden här är när cockpitdörren stängs. Fyrtioåtta sekunder senare, här", han stack fingret i papperet, "kommer en elektronisk larmsignal om att en av flygplanets bakdörrar öppnades."

"Det är Fuentes som öppnar dörren för att hoppa med fallskärm. Det måste det vara", sa Raul. "Och han skulle inte dröja kvar i en öppen dörr på den höjden i mer än några sekunder, inte ensam och förmodligen med Ariana medvetslös och fastspänd vid sig. Han hoppade ganska snabbt efter det, skulle jag säga."

"Det ger oss en tidsstämpel", muttrade Jack och vände sig mot kartan som var utbredd på bordet. Jetens kända flygrutt var utmärkt på den som en tjock röd linje, tider och positioner där den fångats upp på radar noggrant noterade. Den slutliga positionen för kraschen var markerad med ett stort rött X som han försökte låta bli att titta på.

"Någonstans mitt emellan här och här." Jack tog upp en blå penna och ringade in två radarstämplar. Han tittade på utredarens markerade tidslinje, grep en linjal och markerade med ett X den ungefärliga punkt där bakdörren hade öppnats. "Säg högst tjugo sekunder innan han hoppade."

Han markerade en andra punkt och drog en avlång ovalform mellan dem. "De var fortfarande ganska högt uppe. Runt tolv tusen fot. Det betyder att fallskärmshoppet skedde någonstans inom det här området." Fem till sex mil från kraschen, räknade han med. Tillräckligt långt bort för att Fuentes inte skulle behöva oroa sig för att snubbla över räddningstjänst som rusade till platsen eller utredare som genomsökte området medan han tog sig därifrån till vart han nu var på väg. För om det fanns en sak som Jack var helt säker på, så var det att Fuentes inte hade hoppat fallskärm till sin tänkta slutdestination. En agent skolad av FBI skulle vara alldeles för smart för att göra något så lättspårat. Nej, landningszonen var bara en etapp som Jack behövde kolla på vägen mot att hitta Ariana.

Utredaren nickade. "Ni har förmodligen rätt, sir." Han kontrollerade koordinaterna och tog fram en karta i större skala. Han ritade av ovalen på den innan de tre männen böjde sig över den.

"Det finns ingenting här", skakade Jack på huvudet. "Bara djungel."

"Vi behöver satellitbilder. Jag kan göra en begäran, men... det går kanske snabbare om du gör det." Raul kastade en blick på Jack. "CIA eller NASA har troligast de bilder vi behöver i användbar kvalitet. Jag måste gå via myndighetskanaler för att få dem, och det kan ta sin tid."

"Jag ringer några samtal. Jag behöver ändå stämma av med överste Cullane. Han har redan dragit i trådar för att få ner mig hit så snabbt; han kanske kan dra i några till."

Raul räckte honom en kontantkortsmobil. "Ospårbar. Jag lovar."

"Tack, Raul." Jack tog telefonen och gick till andra sidan rummet för att ringa, och lämnade Raul och utredaren böjda över kartan medan de kontrollerade och dubbelkontrollerade de ungefärliga beräkningar Jack gjort.

"Cullane", svarade Brody med sin vanliga snabba kärvhet.

"Det var ingen olycka. Ariana Monterro har kidnappats och en av hennes livvakter, Tomàs Fuentes, var med största sannolikhet delaktig", gick Jack rakt på sak.

"Svinet!" morrade Brody ursinnigt. "Jag känner inte igen namnet; var han en av våra?"

"Före detta FBI. Raul har folk som går igenom Fuentes akter med luskam just nu, men min gissning är att det kommer att handla om det vanliga motivet."

"Pengar", suckade Brody. "Okej. Elliot Savige?"

"Hans kropp har återfunnits." Jacks hals snörptes åt, men han fick inte unna sig lyxen att sörja. Inte nu. Inte när varje minut betydde ännu en minut som Ariana var i händerna på människor som kunde mörda sex oskyldiga och krascha ett plan bara för att få tag på henne. Jack behövde fokusera. Det skulle finnas tid att sörja senare, hoppades han. "Och två andra före detta Rangers. Rauls folk ordnar det praktiska, och jag följer dem tillbaka till USA så snart jag har hämtat hem Ariana."

"Bra. Vad behöver du, Jack?"

Tack gode Gud för Brodys lugna tydlighet, tänkte Jack medan han gav koordinaterna för satellitfotona de behövde. Brody sa att han skulle ringa tillbaka så snart han hade dem, och Jack lade på, utan att för ett ögonblick tvivla på att hans överordnade skulle fixa det.

Två timmar senare låg Jack och slappade ensam på en park-
bänk i en park i Guàlize City, i civila kläder som Rauls
sekreterare snabbt ordnat fram. Han sörplade på en iskall
fruktdryck han köpt av en närliggande försäljare, såg ut
som om han inte hade ett enda bekymmer i världen och
bara satt och tittade på de färggranna tropikfåglarna som
for mellan de vajande palmträden i den varma eftermid-
dagsbrisen.

Ungefär fem minuter efter att han satt sig, slog sig en
solbränd man med lokal uppsyn ner också, och lade en vikt
tidning mellan dem på bänken.

"De här kommer inte från oss", sa mannen mjukt på
lokalt färgad spanska, knappt märkbar rörelse i läpparna.

"*Muchas gracias*", svarade Jack stilla, tog upp tidningen
och promenerade därifrån. Han kände kuvertet av styvt
papper instoppat mellan de mjukare tidningssidorna, men
han var inte nybörjare nog att ta ut det här och nu. Det fick
vänta tills han var tillbaka på Rauls kontor, utom synhåll
för nyfikna blickar.

Fotona var inte de otroligt högupplösta som Jack hade sett
användas när de planerade fältoperationer i Afghanistan
och andra oroshärdar, men den amerikanska militären låt-
sades å andra sidan fortfarande gärna att de inte var riktigt
så kapabla, åtminstone inför utländska tjänstemän. Bilder-
na var ändå mer än tillräckliga för hans syften. En osigner-
ad lapp i kuvertet bad om ursäkt för att det inte fanns nå-
gra satelliter i position för bildtagning vid tidpunkten för

flygkraschen, men de hade bifogat från en passage ungefär två timmar senare.

"Det här är en *väg*", mumlade Raul förvånat och följde med fingret den tunna mörka linjen som slingrade sig mellan träden. Den hade inte varit synlig i standardupplösning; de hade definitivt inte sett den när de kollade tillgängliga bilder på internet. "Och asfalterad dessutom, förutom här och här, i ändarna, ser du?" Han pekade på två ställen på kartan, med alltmer vidgade ögon. "*Madre de Dios*, de där jävlarna har byggt en asfalterad väg här ute för att underlätta sina transporter, och regeringen visste ingenting! Den kapar — kanske femtio kilometer av en resa mellan San Cristobàl och Tierra Verdes, femtio kilometer dålig väg som tar minst en timme att köra!" Han vände sig bort från kartan och gick av och an i kontoret, slog näven i handflatan. "Inte *konstigt* att vi aldrig hann ikapp dem, aldrig kunde lista ut hur de fick ner sin vidriga vara från höglandet till kusten!"

Jack lät honom gå och svära en minut innan han kallade tillbaka hans uppmärksamhet till fotografierna. "Raul. Raul, *titta*." Omsorgsfullt jämförde han satellitbilderna med kartan, överförde koordinater och skissade in vägen på kartan med blyerts. "Se, vägen går rakt genom den beräknade landningszonen."

"Allt var förhandsplanerat", spottade Raul ursinnigt. "Fuentes visste exakt när och var han skulle hoppa. Gissningsvis blev de uppplockade och var på väg redan innan planet ens kraschade."

Jack nickade; det hade han redan räknat ut. "Och långt borta innan den här satellitpassagen. Men frågan är, åt vilket håll åkte de?"

Det fanns inga fordon längs den hemliga vägens sträckning på de foton de hade, men flera körde på de större vägar som den så småningom anslöt till i båda riktningar.

”Ner mot kusten, eller upp igen mot bergen”, funderade Raul. ”Det beror helt på vem som tog henne, eller hur?” Han mötte Jacks blick, mörk av oro. Ju mer tid som gick utan krav på lösensumma, desto mer bekymrade blev de båda.

”Sir”, sa Gutierrez, Rauls livvaktschef och den ende andre man Raul litade på i rummet just nu, och reste sig från skrivbordet med skäggigt ansikte blekt. ”Sir — ett mejl kom precis!”

KAPITEL SJU

HAN ÄR YNGRE ÄN jag trodde, var Arianas första tanke
när hon mötte mannen som hon var säker på skulle döda
henne. Han kunde inte vara mycket äldre än Ariana själv,
kanske mitt i trettioårsåldern, och lång och stilig. Men när
han reste sig för att le mot henne såg hon att leendet inte
nådde ögonen, platta och döda som en hajs.

"Ms Monterro. Får jag kalla dig Ariana?" sa han artigt
på spanska, gick runt skrivbordet mot henne och sträckte
fram handen. Hans accent var inte gualizeansk, noterade
hon genast, definitivt mer colombiansk, vilket gav tro-
värdighet åt ryktena om hans ursprung — utom att han
inte såg colombiansk ut heller. För Svarta Vargen var *vit*.
Blond och blåögd, fräknar spridda över den bleka huden.
En tatuering stack upp över skjortkragen; hon kunde inte
riktigt urskilja vad det var, vass i konturerna och kantig.

Vad fan är det här?

"Nej." Hennes ton var platt och kall, uttrycket förakt-
fullt när hon ignorerade den utsträckta handen. Hon hade
ingen avsikt att låtsas vara artig, samarbeta med vilka planer

han än hade i åtanke, eller göra det lätt för honom genom att vara foglig och lätt att manipulera. Om hon skulle dö, skulle hon dö trotsig, på sina egna villkor, oböjd.

Svarta Vargen blinkade. "Jag förstår", mumlade han. Han studerade henne länge, men hon vägrade bli obekväm. I stället lät hon blicken vandra i rummet, höll huvudet högt, med förakt i blicken när hon noterade de dyra konstverken som trängts ihop, de förgyllda dekorationerna, de smaklöst pråliga möblerna. *Pengar men ingen klass*, tänkte hon. *Som så många av hans sort vill han ha legitimitet. Nå, den ska han inte få av mig.*

"Du kan kalla mig El Lobo", bröt han tystnaden först, vilket hon räknade som en liten seger.

"Det tror jag inte", svarade hon i samma iskyla ton som tidigare, medan hon struntade i honom och studerade en liten målning som hon tyckte kunde vara en äkta Renoir... och en som hon var säker på att hon sett på en lista över berömda stulna mästerverk.

Han skrattade, kom snabbt upp bakom henne och grep tag i hennes armbåge. Ariana slet sig ur greppet och vände sig tvärt mot honom, ögonen blixtrande. "Rör mig inte!"

"Du är verkligen magnifik, ännu vackrare än på dina bilder", sa El Lobo beundrande. "Kanske kallar du mig Gustav då."

"Kanske kallar jag dig Arsle. Kidnappare. Mördare. Monster!" snäste hon tillbaka, äcklad av tanken på att vara på förnamnsbasis med mannen som hade beordrat mordet på hennes vänner.

"Det vore klokt att inte reta upp mig, Ariana", sa han varnande. "Just nu är du en hedersgäst här. Det kan ändras när som helst."

”Dra åt helvete!” väste hon. ”Min pappa kommer aldrig att samarbeta. *Aldrig*. Och det kommer inte jag heller!”

Han mörknade vid det. ”Åh, jag tror att din far kommer att göra exakt som han blir tillsagd, om han inte vill få tillbaka dig en bit i taget.”

”Det får du väl göra då. Hörru. Varför börjar du inte med den här?” Och medvetet provocerande räckte hon fram högerhanden — och visade långfingret.

Svarta Vargens ögon vidgades av häpnad innan han plötsligt brast ut i ett vrålande skratt. Hon stod stilla, handen framsträckt, fingret uppsträckt, tills han grep det i ett skrämmande starkt grepp, vred armen upp bakom ryggen på henne så att det gjorde ont, alltför snabbt för att hon skulle hinna ta till någon av självförsvarsrörelserna som Elliot så mödosamt hade drillat in.

”Åh”, viskade han i hennes öra när hon kämpade och skällde på honom, ”du är verkligen en tuffing. Synd att permanent skända något så vackert redan, när vi inte ens vet om din far är så stark som du hoppas. Låt oss i stället ta något som växer ut igen.”

I ögonvrån såg hon något blänka och försökte rycka undan huvudet, men greppet han hade om hennes handled var för hårt, för smärtsamt. Hon kunde knappt röra sig. I stället såg hon förtvivlat på när de vassa saxbladen klickade ihop och skar av en tjock hårslinga på vänster sida av hennes huvud.

”Perfekt.” Han släppte henne, och hon for undan, vårdade sin värkande handled och domnade axel. Han log snett mot henne och böjde sig för att plocka upp hårtofsen. ”Tomàs, kameran. Le för pappa nu, Ariana.”

Naturligtvis gjorde hon det inte, hon vred sig undan och kämpade för att slippa honom, försökte hålla ansiktet bortvänt från linsen. Till slut hade han sin starka hand runt hennes hals, tvingade upp henne på tå med ansiktet mot kameran medan han höll upp den nyss avklippta hårslingan bredvid hennes ansikte. Tomàs knäppte ett halvdussin bilder innan Svarta Vargen släppte henne. Ariana var säker på att det blommade upp blåmärken på hennes hals som matchade dem hon redan kunde se på handleden.

"För tillbaka henne till hennes rum medan jag ordnar leveransen", befallde han och vände sig bort.

Hänsynslöst, i ett frustrerat raseri, slog Ari till, siktade ett hänsynslöst slag mot hans njurar med den oskadda vänsterhanden. Elliot skulle ha varit stolt över henne, tänkte hon, när Svarta Vargen gick i backen med ett vrål. Hon följde upp med en spark som hade krossat hans käke om hon hade träffat fullt. Men Tomàs hade redan kastat sig in i handlingen, slog undan henne, fällde henne med en snabb bensvepning som fick henne att vingla innan hon lyckades återfå balansen.

Svarta Vargen flög upp på fötter nästan omedelbart, tänderna blottade, slet fram en guldförgylld pistol under kavajen och riktade den mot Ariana.

Hon mötte honom trotsigt och ropade: "Gör det! Gör det, ditt monster, döda mig!"

Långsamt sänkte han pistolen innan han flinade och stoppade undan den. "Nej. Nej, vackra du, långt bättre att lära dig din läxa i långsamt tempo. Jag har lärt mig min; jag vänder inte ryggen åt dig igen. Inte, i alla fall, förrän din vilja är bruten. För bort henne", nickade han åt Tomàs, vars hand föll tungt på Arianas axel.

Hon skakade av sig den med ett rasande fräs och en blixt i blicken. "Våga inte röra mig, ditt mördande jävla *äckel*."

Tomàs' ansikte mörknade, nävarna knöt sig.

"Ms Monterro har rätt; du rör henne inte annat än på min order", sa Svarta Vargen oväntat. "Ingen rör henne om inte jag säger det. Är det klart?"

"Ja, sir", sa Tomàs vördnadsfullt efter en kort paus. "Ska vi kalla på er om hon vägrar en order då, sir?"

"Ja, självklart." Han log, ett iskallt, triumferande leende, och lät blicken långsamt vandra uppifrån och ner över Ariana. "Jag ser mycket fram emot att lära dig priset för olydnad, Ariana."

Hon kunde inte undertrycka en rysning av avsky åt det snuskiga uttrycket i hans ansikte. Han såg det och log bredare, även om leendet fortfarande aldrig nådde hans kalla ögon.

Med en tvär vändning strök Ariana mot dörren. Låt dem tro att hon var rädd och flydde Svarta Vargens sällskap; hon tänkte fullt ut utnyttja de få sekunders försprång hon just var på väg att köpa för att utforska lite.

Hon sprang snabbfotad uppför trappan innan Tomàs ens hade lämnat arbetsrummet. Medvetet tog hon fel håll i stället för att gå tillbaka till sitt rum, som hon var ganska säker på vette mot husets framsida, och sprang nerför korridoren som ledde åt andra hållet. Ariana kunde titta ut mot framsidan senare. Just nu ville hon se sig omkring och skaffa sig en bild av läget så mycket som möjligt innan Tomàs hann upp henne.

Ariana väste av smärta när hon i hast greppade det första dörrhandtaget hon kom till; hennes högra handled gjorde satans ont, svullnade redan. Försiktigt, klumpigt, försökte hon igen med vänster hand, men dörren var låst. Hon gick vidare till nästa så snabbt hon kunde; låst.

"Fan", väste hon mellan tänderna. Vad var det för paranoid typ som låste alla dörrar i sitt hus?

"Ditt rum är åt det här hållet", kom Tomàs' torrt dammiga röst bakom henne. "Det kommer inte att göra dig någon nytta, Ariana. *El Lobo* vet att du inte är dum. Det finns ingenstans att fly *till*."

"Då har du väl inget emot att jag fortsätter att titta runt, eller hur?" Hon brydde sig inte om att se på honom, bara marscherade vidare till nästa dörr och provade den också. Den öppnades, till hennes ganska stora förvåning.

"Jag är säker på att *El Lobo* inte har något emot om du vill vänta på honom i hans sovrum, men jag trodde att det var just det du ville undvika." Det fanns ett elakt, världsvant skratt i Tomàs' röst.

Ariana drog ett långsamt andetag, räknade tyst till fem och klev tillbaka, stängde dörren igen. Vänd mot honom sa hon kallt: "Har du alltid varit ett sånt jävla arsle?"

Han har definitivt inte kontroll över sitt humör, tänkte Ariana när Tomàs' uttryck mörknade igen. *Kanske var han alltid så här arg, och nu bryr han sig inte längre om att dölja det...* det var en deprimerande tanke som hon kämpade för att trycka undan medan hon gick förbi honom tillbaka i den riktning där hon mycket väl visste att hennes rum låg.

"Jag behöver is och bandage till handleden", kastade hon över axeln. "Antiinflammatoriska också, om ni har några."

"Skadade han dig?" Tomàs följde efter henne.

"Försök inte ens låtsas att du bryr dig", snäste Ariana, "med tanke på att du kommer att behöva hjälpa honom att skära av mycket mer än bara mitt hår de kommande dagarna. Vi vet båda att min far aldrig kommer att ge *El Lobo* det han vill ha."

"Det blir du som får betala priset", påpekade Tomàs.

"Jag såg min mamma betala det yttersta priset av ingen bättre anledning än att köpa mig några minuter till, ditt arsle." Hon tryckte upp dörren till sitt rum, vände sig om och blängde på honom. "Jag är inte rädd. Eller tror du att det bara är män som kan möta tortyr och död med mod? Gå och hämta is och bandage åt mig."

Att smälla igen dörren mitt i ansiktet på honom gav henne oerhörd tillfredsställelse. Hon stod med handen mot trät i några ögonblick, andades snabbt men tyst, tills hon hörde hans fotsteg tona bort längs korridoren.

Fem minuter. Jag köpte mig just fem minuter... vände sig bort från dörren, stapplade Ariana bort till sängen och föll ner ovanpå den, kurade ihop sig till en liten boll. *Om jag har tur, är det ingen som tittar...*

Hjärtat hamrade mot bröstkorgen, svetten pärlade på huden när den första flashbacken slog till.

KAPITEL ÅTTA

”SIR — ETT MEJL kom just!” Gutierrez fick omedelbart Raul och Jacks fulla uppmärksamhet.

”Vad för mejl?” krävde Raul.

Gutierrez sköt ifrån sig stolen vid skrivbordet och drog med sig laptopen. ”Det uppges vara från kidnapparna, sir. Ett foto är bifogat.”

”Titta inte, Raul, låt mig ...” Jack sträckte ut en hand för att stoppa Raul.

”Hon lever, sir, och hon verkar vara oskadd”, sade Gutierrez hastigt.

”Visa mig”, krävde Raul och nickade åt Jack att flytta på sig. De båda tittade på skärmen när Gutierrez tog fram bilden.

Ariana blängde ursinnigt in i kameran, läpparna särade så att de sammanbitna tänderna syntes. En kraftig hand hårt om hennes hals höll hennes haka upptryckt så att hon såg in i kameran; en annan hand höll en dinglande tuss av avklippt hår vid sidan av hennes ansikte. Den fransiga linjen där håret hade klippts syntes mycket tydligt.

Rauls käke hårdnade av raseri, men det fanns stolthet i hans röst när han sade: "Hon låter sig inte kuvas, min Ari. De kommer inte att knäcka henne."

"Du är en dåre om du tror det." Jacks röst sprack när han såg på skärmen. "Vem som helst kan knäckas, Raul. Vem som helst."

Gutierrez gav honom en ogillande blick, men Raul höjde handen för att tysta honom. "Det här är inte Rangers, Jack. Ari har bara värde för dem som gisslan om de håller henne vid liv och i gott skick."

"Du fattar inte, eller hur?" Jack vände sig häftigt mot honom, smärtan slet bojan från hans tunga. "Den där hårtussan kommer att dyka upp här i ett kuvert, i morgon senast, tillsammans med en kravlista. Varje dag som du inte går dem till mötes kommer en ny bit av Ari att dyka upp i ett paket. Och det är inte *henne* de försöker knäcka, Raul. Det är *dig*."

Han vände bort blicken, oförmögen att se på vare sig Raul eller bilden av Ariana längre. Den säkra övertygelsen att han aldrig skulle få se henne levande igen, att hennes kidnappare just nu övervägde vilken kroppsdel de skulle skära av först, åt i honom som syra. Han korsade kontoret med långa steg till Rauls privata badrum, ryckte upp dörren och slog igen den bakom sig, böjde sig över toaletten och kräktes tills magen var tom.

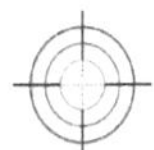

Raul var ensam på kontoret när Jack kom ut igen.

"Var är Gutierrez?" frågade Jack.

"Han spårar upp lite information åt mig. Så, du är kär i min dotter."

Jack stelnade mitt i steget och undrade vad fan han hade gjort för att avslöja sig — och insåg sedan att även om den äldre mannen bara hade fiskat tidigare så hade hans reaktion just bekräftat Rauls misstankar.

Raul nickade. "Jag undrade det, för sex år sedan. Eftersom du inte har sett henne från den dagen till i dag, såvitt jag vet — och jag vet *mycket* väl, tack vare Elliot — kan jag bara dra slutsatsen att du gjorde ditt bästa för att vara hederlig."

Jack hade ingen aning om vad han skulle säga. *Jag rörde henne aldrig med ett finger'* skulle vara en lögn, rent ut sagt, och Raul hade tagit honom fullständigt på sängen, så han stod bara där och ryckte till slut på axlarna. "Hon var aldrig menad för en som jag. Jag är bara en soldat."

Rauls ögonbryn for upp, sedan fnös han hånfullt. "Du träffade aldrig min hustru. Luisa skulle ha gett dig en örfil för att du säger något så dumt, men hon gillade å andra sidan alltid att överdramatisera allting. Hon var skådespelerska, vet du."

Jack blinkade, överraskad. "Det visste jag inte, nej. Var hon en stor stjärna här i Guàlize?"

"Nej. Hon var statist. Anlitad för att stå i bakgrunden mest hela tiden. Åh, hon hade drömmar, förstås, ville slå igenom stort. Jag praktiserade fortfarande som jurist när vi träffades, biträdande distriktsåklagare med en brinnande vilja att städa upp i mitt land. Hon hade bevittnat ett sanktionerat narkotikamord under en fest. Ett attentat, med andra ord." Rauls blick blev dimmig när han mindes sitt livs kärlek.

Jack teg och lyssnade, undrande vad Raul ville säga honom.

"Luisa var rädd för att vittna. Alla var rädda för kartellerna i Guàlize då, ännu mer än i dag. Jag kunde inte lova henne att jag kunde skydda henne; hon visste att det hade varit en löjlig lögn om jag försökt." Raul skakade av sig sin dagdröm och såg Jack rakt i ögonen. "Jag blev kär i henne första gången jag såg henne, Jack. Jag gjorde något jag aldrig gjort förr eller senare; jag sade åt ett vittne att ljuga i rätten. Jag sade åt Luisa att säga att hon inte kom ihåg vad hon sett, eller att peka ut fel mördare, vad som helst för att hindra kartellen från att komma efter henne. Tanken på att hon skulle dö korsfäste mig, och jag hade bara tillbringat några minuter i hennes sällskap."

Jack fann sig oförmögen att tala när Rauls blick höll honom fast.

"Luisa berättade senare att hon gick därifrån och tog reda på allt om mig, frågade över hela sitt kvarter vad jag var för slags man. Hon hörde bara historier om en rättvis man som slogs som fan för att bura in de skyldiga, men som inte åtalade när bevisen inte räckte, en man som inte tog mutor, som inte gick att köpa."

"Hon måste ha undrat varför i all världen du bad henne att ljuga", insåg Jack.

"Hon gick till sin kyrka och bad till Gud att visa henne vad hon skulle göra. Och när rättegången kom, såg hon lönnmördaren rakt i ögonen och pekade ut honom som mannen hon såg trycka på avtryckaren."

Jack skakade på huvudet i förundran. "Hon litade på att du skulle skydda henne ändå."

"Nej, Jack, det gjorde hon inte. Hon sade till mig att jag inte kunde hoppas vinna kriget jag förde om ingen tog till vapen vid min sida. 'Jag är en dotter av Guàlize', sade hon, 'och om jag dör för att skydda henne, kallar jag det ett väl använt liv.'" Raul vände sig om, gick till skrivbordet och tog upp det silverinramade fotografiet av sin hustru som alltid stod där inom synhåll. "Luisa utsatte sig för fara flera gånger de följande månaderna, gjorde sig till lockande bete medan hon arbetade med polisen och mitt kontor, väl medveten om att kartellen inte skulle sluta komma efter henne förrän de var krossade, förrän de var på flykt med betydligt större bekymmer än ett enda vittne som inte höll käften."

"Hon måste ha varit en förbaskat fantastisk kvinna", sade Jack med djup respekt i rösten.

"Åh, det var hon. Det var hon." Raul log ömt mot fotografiet innan han ställde ner det. "Men när jag gifte mig med henne, efter att jag befordrats till distriktsåklagare sedan hon hjälpt mig bevisa att min chef tog pengar från kartellen, sade pressen ändå att hon var 'bara en skådespe lerska.'"

Jack insåg äntligen vart berättelsen ledde. Han öppnade munnen, utan att ens veta vad han tänkte säga, men Raul fortsatte prata över honom.

"Så säg aldrig mer till mig att du är 'bara en soldat'. Jag skulle vara väldigt stolt om min dotter gifte sig med en man som du, Jack McAuley. Det finns ingen, och jag menar *ingen*, som jag skulle lita mer på att få hem henne åt mig. Det hade jag sagt även innan jag var säker på hur du kände för henne, förresten."

"Jag kan inte lova att jag får hem henne", fann Jack till slut rösten igen. "Det vore lika mycket en lögn som om du hade sagt till Luisa att du skulle skydda henne från kartellerna. Men jag *kan* lova att jag fan i mig dör försökandes, om det är vad som krävs.”

”Det vet jag att du gör”, sade Raul enkelt innan han vände tillbaka till skrivbordet. ”Du hörde inte allt som mejlet gav oss. Det är undertecknat med namnet *El Lobo Negro*.”

Jack hade hört namnet förut. *El Lobo Negro* var en skuggfigur, men han hade ändå lyckats hamna på åtskilliga Most Wanted-listor. Förvånad följde han efter Raul till skrivbordet och lutade sig fram för att titta på datorn. ”Har du något sätt att bekräfta det?”

”Nej, men jag kan inte tänka mig någon annan som skulle ha resurserna i Guàlize — och den rena *fräckheten* — att ro det här i land. Jag har satt Gutierrez att ta fram allt vi har om Den Svarta Vargens aktiviteter inom sexton mil från landningsplatsen.”

”Vill du att jag ska ställa samma fråga till amerikansk underrättelsetjänst?” frågade Jack.

”Jag lägger den här utredningen i dina händer, Jack”, sade Raul lugnt. ”Du vet bättre än jag om ditt land kan ha någon information som kan hjälpa oss. Jag bryr mig inte om vad du måste göra, vem du måste fråga, vilka tjänster du måste lova; jag backar dig varje steg på vägen. Guàlizes resurser står till ditt förfogande. Se bara till att få hem min dotter.”

”Det är ett väldigt stort förtroende du ger mig, Raul”, sade Jack när han fick andan.

”Vem kan jag lita mer på att föra hem Ariana än mannen som älskar henne?” var Rauls avskedssalva när telefonen på hans skrivbord ringde och han lyfte luren. *”Buenas tardes”*, sade han och gestikulerade åt Jack att ta laptopen och gå bort till bordet och stolen på andra sidan rummet.

Raul förde ett snabbt samtal på spanska med någon som hette Carlos; Jack gjorde sitt bästa för att stänga ute det, satte sig med laptopen och läste igenom mejlet noggrant. Bilden på Ariana hade stängts ner, vilket var en lättnad; han var inte säker på att han hade kunnat titta på den igen just nu utan att bryta ihop.

Det bifogade mejlet var förstås på spanska, men han hade tillbringat tillräckligt med tid med att studera språket för att kunna tyda det.

Jag är säker på att ni har insett vid det här laget att er dotter inte är död, minister Monterro; hon är gäst i mitt hem och kommer att behandlas väl så länge ni uppfyller mina önskemål. Det första önskemålet levereras tillsammans med bevis på er dotters liv i morgon.'

Det var undertecknat, som Raul hade sagt, *El Lobo Negro.*

Jack var helt säker på att Raul hade beordrat Gutierrez att sätta folk på att spåra källan; han var lika säker på att NSA kunde göra samma sak snabbare. Snabbt vidarebefordrade han mejlet till överstelöjtnant Cullane och lade till en notis. *Jag hoppas att någon på NSA står i tacksamhetsskuld till dig också, Brody. Vi måste hitta den här killen ASAP. Jack.'*

Klicket när Raul lade på luren fick honom att titta upp. Raul såg på honom med ett halvt leende. "Det verkar som att du inte kommer att behöva så mycket hjälp från Guàlize, Jack."

"Vad menar du?"

"Du har besök." Raul gick till dörren och öppnade den, gestikulerade. "Kom in."

Tre män i civila kläder kom in, alla med breda leenden när de såg Jack. Eftersom de var civilklädda gjorde de ingen

honnör, men nickade alla respektfullt innan en av dem
sade: "Bra att se er, kapten."

"Vad i helvete gör du här, Hunter?" sade Jack förbluffat
och reste sig.

"Vi är på semester, sir", sade Hunter milt.

"På semester — *här*. Precis när Ariana Monterro har
blivit kidnappad", sade Jack misstroget.

"Vilken slump, eller hur? Hörde att du kanske kunde
behöva lite hjälp." Hunter ryckte på axlarna. "Tänkte att
vi skulle titta förbi."

"Överste Cullane skickade er, kan jag tro", sade Raul
torrt.

Alla tre gav honom oskyldiga blickar. "Vet inte vad ni
pratar om, sir. Vi är på semester", upprepade Hunter och
var uppenbart fast besluten att hålla sig till sin fullständigt
osannolika historia.

"Det här är löjtnant Hunter, sergeant Mostyn och
sergeant Diaz, sir", sade Jack uppgivet och presenterade
dem.

"Trevligt att träffas allihop, mina herrar", sade Raul.
"Och jag är glad att kapten McAuley får den erfarna hjälp
han behöver. Gutierrez ordnar allt du behöver, Jack", lade
han till. "Säg bara till så blir det gjort."

"Vart ska du, sir?" frågade Jack när Raul gick mot dör-
ren.

"Jag måste briefa presidenten om läget. Jag är tillbaka
om en timme. Och ja, jag är *fullkomligt* säker i president-
palatset, tack så mycket, mina herrar", lade han till när
Hunter och Diaz båda sneglade på Jack innan de tog ett
steg i Rauls riktning. De såg sig omkring och försökte verka
oskyldiga, inte alls som att de tänkt följa efter honom för

att säkra hans säkerhet. Raul himlade med ögonen med ett litet leende innan han lämnade rummet.

”Så”, sade Hunter när dörren klickade igen, ”vad är planen, sir?”

”Vi ska få tillbaka Ariana Monterro och döda precis varenda jävla människa som var inblandad i hennes bortförande”, sade Jack tonlöst. ”Officiellt, vad USA:s regering beträffar, är vi definitivt inte här för att göra något annat än att ge råd och stöd åt de lokala i enbart rådgivande kapacitet. Inofficiellt drar översten i vartenda snöre han kan för att få fram underrättelser.”

”Och de lokala?” frågade Mostyn försiktigt. ”Monterro verkar rätt vänligt inställd.”

”Han har satt mig att leda utredningen och att få tillbaka Ms Monterro. Guàlizeanerna ser till att vi får all utrustning vi kan behöva, och extra manskap om det krävs.”

De tre nytillkomna utbytte blickar, ögonbrynen åkte upp, men de var alltför vältränade för att ifrågasätta Jacks besked. ”Så vi är sanktionerade legosoldater under tiden, i praktiken, sir?” kollade Hunter.

”Korrekt. Om någon har problem med det kan ni säkert lista ut hur ni tar er tillbaka till Staterna samma väg som ni kom.”

Tre axelryckningar blev svaret, och Jack log. Han kände de här männen. Hunter kunde verka kaxig och stöddig, men han var på snabbspåret mot befordran, en lysande officer även i Rangers led, och Mostyn och Diaz var bland de bästa underofficerarna i regementet. Han kunde knappt tro att överstelöjtnant Cullane hade skickat honom alla tre, men det var å andra sidan möjligt att Cullane hade beslutat att han bara kunde skicka tre män och sedan bett om frivilliga.

”Hur som helst är jag glad att ni är här”, sade han uppriktigt. ”Vi har inget mål än, men jag hoppas att det inte dröjer. Monterro ser till att vi är väl beväpnade, och det finns backup från den guàlizeanska armén om det skulle behövas.”

”Trodde att vi *var* backupen, sir.” Hunter gav honom ett busigt flin. ”Vi tänkte att allt vi skulle behöva göra var att hålla din jacka.”

Den mannen var obotlig; trots sin sorg och oro fann Jack sig själv leende tillbaka. ”Det hoppas jag, löjtnant. Det hoppas jag innerligt.”

Gutierrez hittade rum åt dem på ett närliggande hotell och släppte av dem där för att äta och vila. Jack visste att han inte skulle sova, men han visste också att han behövde försöka, eftersom han inte hade en aning om när de kunde kallas till insats. Han satte sig i restaurangen med de andra, såg utan att se på menyn, oförmögen att låta bli att undra vad Ariana gjorde. Åt hon? Misshandlade Den Svarta Vargen henne?

”McAuley!”

En fast hand om handleden ryckte tillbaka honom till nuet, och han blinkade, insåg att Hunter ställde en fråga. ”Förlåt, jag var någon annanstans.”

”Det syntes. Vad vill du ha?” Hunter vinkade till servitören, som stod vid bordet med blocket i hand.

”Åh.” Han hade inte ens tittat ordentligt på menyn. ”En biff, tack. Medium rare, med en grönsallad?”

Som tur var verkade det stå på menyn, för servitören nickade bara vänligt och tog hans meny tillsammans med de andras.

"Dryck?" kollade servitören och såg förvånad ut när alla fyra beställde vatten. Med möjligheten att en räddningsinsats skulle kunna behöva genomföras när som helst, skulle ingen av dem ta risken att få i sig alkohol förrän allt var över.

"Så", sade Hunter muntert när servitören kommit med vattnet och en korg frallor, "berätta om din tjej, kapten."

Jack var nära att frusta ut vattnet han just sippat genom näsan och blängde på den andre. Hunter log oblygt tillbaka.

"Den där käften kommer att sätta dig i klistret en vacker dag, löjtnant", morrade Jack till slut och tog en fralla. Han såg i ögonvrån hur de två sergeanterna log och bestämde sig för att inte ta illa vid sig av deras hjärtliga skämt. Närvaron av de tre erfarna Ranger-soldaterna, som han alla kände väl och kunde lita på till hundra procent, förbättrade avsevärt chanserna att lyckas med uppdraget att hämta hem Ariana. Om de, vill säga, kunde hitta någonstans att hämta henne *ifrån*. Tungsint smulade han sönder frallan mellan fingrarna.

"Har vi fel, sir?" frågade Hunter efter några ögonblicks tystnad. "Är hon inte din tjej?"

Suckande lät Jack resterna av frallan falla ner på tallriken. "Hon är inte min, nej." Han såg upp och mötte Hunters blick. "Men om vi inte får hem henne, vet jag inte om det blir mycket kvar för mig att leva för."

"Uppfattat, sir", sade Hunter med en nick, och Mostyn och Diaz ekade gesten. "Vi får hem henne, oskadd och välbehållen ... och sedan kan du jobba på att övertyga Ms Monterro om att hon vill vara din tjej."

”Sluta medan du ligger före, Hunter.” Jack gav honom en låtsat hotfull blick, vilket inte dämpade Hunters veta-bäst-leende det minsta, men åtminstone tystade hans retande.

Deras mat kom in en kort stund senare och de fyra satte igång. Jack var inte hungrig, trots den utmärkta kvaliteten på maten framför honom, men han tvingade i sig så mycket han kunde. Han puttade runt den sista tuggan biff på tallriken med gaffeln, undrade om han skulle kunna få ner den, när telefonen i fickan vibrerade. Han var nära att slita sönder tyget när han drog upp den, men meddelandet på skärmen löd bara: *inga nyheter. försök vila.*

Jacks käke spändes. Han sköt undan tallriken, stoppade tillbaka telefonen i fickan och besvarade Hunters frågande blick med en kort skakning på huvudet.

”Skynda dig och vänta”, sade Hunter och vippade stolen på två ben. ”Berättelsen om mitt liv.”

Det var varje soldats berättelse. Den här väntan, däremot, skulle bli värre än någon Jack någonsin uthärdat, för hans tankar vägrade tystna, vägrade sluta föreställa sig vad Ariana kunde tvingas utstå i händerna på *El Lobo Negro* och hans hänsynslösa hantlangare.

Jack visste vad det värsta var som kunde hända. Han hade sett det med egna ögon, och det hade Ariana också, för sex år sedan när de först möttes. Han skulle aldrig kunna glömma synen av Luisa Monterros blodiga, misshandlade kropp när han bar ut Ariana därifrån och gjorde sitt bästa för att skärma henne från synen.

KAPITEL NIO

Hopkrupen på sängen, med armarna runt knäna och ett desperat försök att dra sig själv tillbaka från att störta ner i en fullskalig panikattack, kunde Ariana inte hjälpa att tankarna gled tillbaka till förra gången hon blivit kidnappad. Det skulle ha varit en underbar familjesemester på Anguilla, en avkopplande vecka bort från pressen kring hennes fars nya utnämning till justitieministeriet.

De hade bott i en privat villa som tillhörde en vän, njutit av stranden och det varma, klara karibiska vattnet. Raul hade varit ute på ett par fisketurer på sin väns lyxyacht, och det var medan han var iväg på en sådan eftermiddagstur som villans fridfulla idyll krossades. Guàlizeanska rebeller, gerillasoldater som ville störta regeringen, trängde in i villan och tog Luisa och Ariana Monterro som gisslan.

Ariana mindes alltför mycket av den där hemska eftermiddagen. Hon hade varit övertygad om att ingen hjälp skulle komma; Anguilla var ett turistparadis med knappt någon polis att tala om, än mindre paramilitära enheter med gisslanräddning som specialitet. Några av villans anställda hade flytt och skulle slå larm, men vad skulle det hjälpa? Hon lyssnade förtvivlat när gerillaledaren ringde Guàlizeas president, krävde att dömda terrorister skulle släppas ur fängelse, krav som aldrig skulle uppfyllas oavsett vad gerillan gjorde med sina gisslan.

Luisa hade hållit sin dotter hårt och viskat i hennes öra att allt skulle bli bra, när Ari mycket väl visste att det inte skulle bli det. De hårda, beräknande blickarna hos gerillamännen när de såg på henne, deras skadeglada flin; hur ledaren lät blicken löpa över hennes kropp, allt hade tydligt talat om för henne att allt definitivt inte skulle bli bra.

Hon knep ihop ögonen när flashbacken slog till. Hennes mor, som reste sig upp och puttade Ari bakom sig när en av gerillamännen grep tag i Arianas arm. Som erbjöd sig i dotterns ställe, slet med avsikt upp blusen för att visa sin fortfarande vackra figur, och sa till gerillan att hon inte skulle göra motstånd så länge de lät Ariana vara i fred.

”Nej”, viskade Ari och önskade att hon kunde förneka vad som hänt. Att hon varit för rädd, för feg för att röra sig, medan hennes mor lät männen använda henne, en efter en, Ariana hopkrupen i hörnet, med hopknipna ögon och en önskan att kunna stänga ute stönen och flämtningarna.

Tills skottlossningen började utanför, det tydliga smattret från militära automatvapen.

”Kärringen har förhalat oss med flit!” skrek en av gerillamännen, och den första av ett dussin knivar trängde in i Luisa Monterros kropp. Hennes plågade skrik ekade fortfarande i dotterns öron, sex år senare.

Ari drog ett skälvande andetag. Hon tog ner händerna från öronen. Inga skott. Inga skrik. Ingen blodig, död kropp av hennes mor, med bruna, livlösa ögon som bönföll henne. Hon var ensam. Och den här gången skulle

Jack inte sparka in dörren och kasta in en chockgranat i rummet.

Bländad och döv kom Ari tillbaka till sans igen buren ut ur byggnaden i famnen på en stor soldat. Instinktivt började hon kämpa svagt.

”Det är lugnt”, sa mannen med en djup, sträv röst. ”Du är trygg nu, Ms Monterro. Din far skickade oss.”

Hon kisade runt och såg att de var omringade av en grupp tungt beväpnade soldater i stridsuniformer och sandfärgade baskrar. ”Vilka är ni?” kraxade hon fram.

”Löjtnant James McAuley, fjärde bataljonen, sextiosjunde armérangerna”, svarade han jämnt, sneglade ner på henne och log. ”Men du kan kalla mig Jack. Löjtnant McAuley är lite av en tungvrickare.”

Var det en ungdomlig förälskelse, eller en gnutta hjältedyrkan? undrade Ari nu. Hur som helst hade hon klamrat sig fast vid Jack även när Rangersoldaterna hade lämnat tillbaka henne till hennes tacksamme, sörjande far; de hade flugits in med helikopter från Puerto Rico där de genomförde övningar, när myndigheterna på Anguilla vädjat desperat till USA:s regering om hjälp.

Och Jack hade stannat hos henne; med hjälp av dragna trådar blev han tillfälligt entledigad från tjänst och vaktade Ari samvetsgrant, vid hennes sida varje vaken minut, och sov—hon visste inte när—för mer än en gång när hon vaknade skrikande om natten var han där på ett ögonblick; kom in och sa med sin sträva röst att hon var trygg, att han inte skulle låta någon skada henne, medan hon höll sig fast vid honom som vid en livlina och tårarna dränkte hans uniform.

Raul hade bönat Jack att lämna Rangers och bli Arianas livvakt på heltid, och hon var rätt säker på att han hade övervägt det. Han var nära slutet av sin tjänstgöringsperiod, mindre än ett år kvar, som hon mindes det. Men förstås hade hennes handlingar på kvällen efter moderns begravning satt stopp för det.

Hon hade hållit ihop under dagen enbart för sin fars skull. Raul såg nedbruten ut, utmattad av sorg. Hon stod stadigt vid hans sida, tårarna rann nerför kinderna men hennes smala kropp var oböjd, och hon hämtade styrka ur Jacks tysta, stadigvarande närvaro bakom henne, i civila kläder men fortfarande lika fruktansinjagande som i full stridsutrustning, med sin mörka blick som skrämde bort alla som trängde sig för nära.

Och efteråt, när mamma hade lagts till sista vilan i Monterros familjegrav, när Raul hade förts bort av presidenten, med sitt eget uttryck märkt av sorg, stod Ari kvar ensam och förlorad, svajande, tills Jacks starka arm slöt sig om henne.

"Kom, Ms Monterro. Jag tar dig hem."

Hem, där allt påminde henne om mamma. Hem, där allt hon ville göra var att gråta, skrika och rasa mot en orättvis värld där kvinnor led och dog för männens krig. På något sätt förvandlades hennes sorg till raseri, och hon gav sig på Jack, slog sina små knytnävar mot hans breda bröst och skrek osammanhängande, tårarna strömmande nerför kinderna. Han utbytte en blick med de andra vakterna och hivade resolut upp henne över axeln, bar henne till hennes privata våning medan hon sparkade och skrek.

Han dumpade ner henne i soffan och stod över henne, såg ner på henne.

"Så. Nu kan du göra som du vill och du kommer inte göra bort dig. Jag berättar aldrig, Ari. Skrik hur mycket du vill, slå mig om du måste, ta ut det på mig. Jag bryr mig inte."

Hans stoiska acceptans bröt något i henne, något vilt, och hon for upp på fötter, ställde sig på soffan för att komma i höjd med honom, äntligen kunna möta hans gröna ögon ordentligt.

"Tänk om det jag vill ha är det här?" frågade hon, grep tag om hans breda axlar och lutade sig fram för att kyssa honom.

Förbluffad drog Jack sig tillbaka. "Ari ..." var allt han hann säga innan hon låste armarna hårt runt hans nacke och pressade läpparna mot hans igen.

Han gjorde inget motstånd efter det, inte när hon började rycka i hans slips, slita i skjortknapparna, kämpa för att få av honom kläderna. Hans starka fingrar lade varsamt hennes händer åt sidan innan han själv tog av det hon så desperat ville få bort, visade henne vad hon ville se: de tjocka musklerna över hans överkropp, styrkan hos en elitsoldat van att marschera i dagar med tung packning av vapen och ammunition.

"Är du säker?" frågade han henne en sista gång. Ari nickade, drog våldsamt i dragkedjan på klänningen och svor lågt när den fastnade, tills han återigen tog över, gick runt bakom henne och drog ner blixtlåset försiktigt. Långsamt pressade han en kyss mot hennes axel medan han drog ner ärmarna över hennes armar. Arianas ögon fladdrade igen när han knäppte upp hennes bh, händerna gled runt och kupade lätt hennes bröst.

Jack förundrades över hur mjuk Arianas hud kändes under hans sträva, valkiga händer; hennes bröst var silkeslena förutom bröstvårtorna, små hårda bär mellan hans fingertoppar när han nypte lätt, prövade hur känslig hon var, hur hårt hon ville bli berörd. Hennes mjuka suck talade om att han definitivt var på rätt spår, och han tappade huvudet helt när hon viskade hans namn och skälvde, med huvudet fallande tillbaka mot hans axel.

”Ari”, viskade han hest och lät händerna lämna hennes bröst, bara för att lyfta upp henne i famnen även när hon gav ifrån sig ett litet protesterande ljud. Han bar henne lätt över till sängen, lade ner henne på de silkeslena lakanen och såg förundrat ner på henne när hon sträckte sig efter honom.

”Kom till mig, Jack ...”

Han hade inte kunnat neka henne något i den stunden. Knästående på sängen bredvid henne tog han av henne skorna och lät händerna långsamt glida upp över hennes slanka vader. Hon slöt ögonen och log, lyfte höfterna så att han lättare kunde ta av henne klänningen, trosorna, strumpebanden som höll upp de skira strumporna.

”Du är så vacker ...”—späd och skör var hon det mest perfekta Jack någonsin sett. Rädd att göra henne illa tvekade han, tills hon grep hans hand och förde tillbaka den till sina bröst med ett viskat:

”Snälla, Jack.”

All tvekan försvann; han sparkade av sig skorna, lade sig ner på sängen bredvid henne och drog henne in i sina armar. En liten röst längst bak i huvudet påpekade hur dumt han betedde sig, men Jack tänkte inte lyssna på sitt samvete just då. Inte med Ariana varm och villig i hans famn, hennes smala händer ivrigt utforskande över hans bröst och axlar, små lustfyllda ljud från hennes strupe när han smekte hennes bröst. Hon välvde sig mot honom; fast besluten att ge henne njutning försköt han sig längre ner i sängen, tog en styvnad bröstvårta i munnen och lirkade med tungan över den retfullt några ögonblick innan han slöt läpparna och sög.

Ariana gav till ett rop, lät fingrarna löpa genom hans kortklippta hår, naglarna grävde lätt in och talade om att hon ville ha mer, ville att han skulle fortsätta. En stor hand gled sakta nerför hennes mage, särade på det silkeslena, svarta håret i hennes sköte, retade längre ner. Hennes knän särades, höfterna lyfte, och Jack stönade när hans sökande fingrar fann henne redan våt, hennes fukt glänsande över hans fingertoppar.

Hennes huvud föll bakåt när han satte fingertoppen mot hennes pärla och gnuggade i snabba, täta cirklar som skickade henne i spiral uppåt, med naglar som klöste över hans axlar. Han fortsatte att slicka och suga på hennes bröst medan det obevekliga fingret drev henne vidare, retade henne tills hon ropade utan sammanhang, bönföll desperat om mer och försökte dra honom närmare.

Ett långt, slankt ben hakades över hans höft, Ariana drog febrilt i Jack. "Snälla, Jack, snälla", snyftade hon, "jag behöver dig, snälla ..."

Åtminstone kunde han vara helt säker på att hon inte tog honom för någon annan, tänkte Jack vagt när han flyttade sig lite tillbaka.

"Lugn", lugnade han, "jag ska ge dig det du vill ha, älskling. Men jag har inte tänkt hasta igenom det här; du förtjänar mer än så, förtjänar allt gott jag kan ge dig."

"Snälla, jag behöver ..."

"Jag vet vad du behöver, älskling", han kysste långsamt nerför hennes mage, smakade henne, ritade retfulla mönster med tungan över hennes hud. Hans händer slöt sig om hennes knän när han försköt sig lägre, lyfte upp dem över sina axlar och rammade in sitt huvud mellan dem. "Jag ska ge dig det också", viskade Jack och nafsade lätt i den sköra skåran där insidan av hennes lår mötte kroppen, innan han fortsatte och svepte tungan långsamt över hennes veck.

Ariana lät sig glida in i ett stilla töcken av återkallad njutning när hennes sinne kopplade loss från den obehagliga framtid som väntade henne, och tog henne tillbaka till den där sedan länge förgångna natten av salighet i Jacks armar. Hon var otroligt tacksam för att hon aldrig berättat sanningen för honom, att han var hennes första, för hon var övertygad om att han skulle ha stoppat då. Att han inte skulle ha visat henne vilken extas som kunde finnas mellan älskande, vilken passion *hon* var kapabel till.

Jack hade varit fullständigt osjälvisk, fast besluten att ge henne njutning, och vilken njutning det blev! Hans skickliga händer och mun hade fört henne till branten gång på gång innan han äntligen lät henne falla; och när hon gjorde det fanns han där för att fånga henne i starka, stadiga armar. När han till sist drog av sig kostymbyxorna hittade han en kondom i plånboken och använde den, skyddade henne när hon ändå var långt bortom all förmåga att bry sig.

Hur otroligt upphetsad han än gjort henne, kände hon ingen smärta när han gled in i henne mjukt, varsamt, trots att det var första gången. Han uppmuntrade henne att slinga benen runt hans höfter för att ta emot honom djupt, och med starka händer höll han hennes höfter stadiga när hon vred sig mot honom.

"Lugn, älskling", viskade han igen, svetten pärlade i pannan, tills han inte längre kunde stå emot den extas som hotade att överväldiga även honom. "*Ariana*", det lät nästan som en bön på hans läppar när han började stöta, drev henne upp igen mot den där extatiska nivån där allt annat gled undan och det bara fanns en brunn av njutning djupt inne i hennes kropp, den sträva känslan av hans brösthår mot hennes bröstvårtor, hans heta hud som gled mot hennes, hennes namn på hans läppar när han ropade och spände sig mot henne.

Kanske minns en flicka alltid sin första älskare med värme, tänkte Ariana småleende; men Jack hade varit så mycket mer än så.

Han hade varit den som kom undan.

Kapitel tio

NÄR JACK LÅG I mörkret kändes sömnen väldigt långt borta. Med uppspärrade ögon låg han och såg reflexerna från strålkastare på bilarna som passerade ute på gatan glida över taket.

Efter middagen hade de fyra Rangers dragit sig tillbaka till sina hotellrum, fullt medvetna om att de borde vila så mycket de kunde medan tillfälle gavs. Som professionella soldater var de vana vid att ta tupplurar och hade för länge sedan lärt sig somna på stört, till och med i riktigt obekväma ställningar.

Så Jack kunde inte förstå varför sömnen undvek honom nu. Han knep ihop ögonen och räknade får, gjorde andningsövningar och klev till sist ur sängen och gjorde hundra armhävningar så snabbt han kunde.

Efteråt stod han vid fönstret och såg trafiken passera, andades långsamt och kände hur pulsen sjönk tillbaka till sin vanliga jämna takt. Han försökte tömma huvudet, förbereda sig på att vila, men en envis liten tanke kröp hela tiden tillbaka till medvetandets framkant.

Förra gången jag var i den här staden var jag med Ariana.

Han hade aldrig räknat med att besöka Guàlize över huvud taget. Som de flesta sydamerikanska länder hade Guàlize en avvaktande relation till USA. Länderna hade tidigare haft gemensamma militärövningar, men aldrig på guàlizeansk mark, och även om Guàlize hade skickat en kontingent soldater till både Irak och Afghanistan och stött ett antal FN-insatser, kunde Jack inte säga att han någonsin hade arbetat direkt med någon av deras trupper.

När dåvarande kaptenen Brody Cullane blev uppringd av högkvarteret och fick veta att hans kontingent Rangers mitt i en djungelövning på Puerto Rico var den närmaste möjliga insatsstyrkan för en större incident på Anguilla, hade Jack varit skeptisk, men han hoppade in i första helikoptern som den yrkessoldat han var.

Det sista han hade väntat sig att hitta i villan de stormade var en skräckslagen, traumatiserad flicka som snyftade över sin mors blodiga kropp. Ariana hade inte ens förstått hur nära döden hon själv hade varit; Jack hade satt två kulor i huvudet på den gerillasoldat som var på väg att köra sin stridskniv i Arianas rygg.

Hon hade bedövats av chockgranaten han slängt in i rummet för att ge dem överraskningsmomentet, hennes bruna ögon var stora, pupillerna ofokuserade och öronen med all säkerhet ringde av chocken. Han var inte ens säker på att hon kunde se honom. Där hon satt hukad på golvet måste han, om hon kunde det, ha tett sig som en jätte som tornade upp sig över henne, så han slängde geväret på ryggen, spred händerna och hukade sig ned för att verka så lite hotfull som möjligt.

”Ms Monterro?” Han visste inte ens om hon talade engelska, men hans spanska var på gymnasienivå och så pass usel att hon lika gärna kunde missförstå honom. ”Jag heter Jack. Jag är här för att få ut dig.”

Radiotrafiken i örat talade om att villan nu var säkrad, så han tog henne om armen för att hjälpa henne upp, men hon verkade inte kunna stå själv. I förhoppningen att hon inte var skadad lyfte Jack upp henne i famnen, och blev överraskad när hon slappnade av mot honom och lade huvudet mot hans axel.

”Jag har Ms Monterro”, sa han och gick mot dörren. ”Hon är säkrad. Medicinsk bedömning behövs.”

”Mrs Monterro?” frågade Cullane.

”Negativt”, sa Jack kort. ”Hon är död.” Han såg till att hålla flickans ansikte vänt bort från synen av kropparna som låg spridda i hallen när han bar ut henne. Hon verkade inte lägga märke till blodet som stänkt uppför väggarna efter huvudskotten; han hoppades att hon fortfarande var omtöcknad av chockgranaten.

Först när han bar ut henne till villans skuggiga innergård där teamet samlades verkade Ariana återfå en gnutta medvetande och började svagt kämpa i hans armar. Han lugnade henne varsamt, försökte hålla rösten låg och mjuk när han sa sitt namn, och han blev överraskad när hon inte bara slappnade av i hans famn utan också sträckte upp en arm, hakade den runt hans nacke och höll fast hårt.

”Släpp mig inte, Jack”, viskade hon med gråttjock röst.

”Det ska jag inte”, lovade han, och han höll kvar henne tills sjukvårdarna kom. De ville lägga henne i en ambulans och köra henne direkt till sjukhus, men hon klamrade sig fast vid Jack i panisk skräck.

”Lämna mig inte!”

”Jag har dig”, försäkrade han efter en nick från kapten Cullane. ”Lägg dig på båren här så åker jag ambulansen med dig, okej?”

”Hennes pappa möter er där”, meddelade Cullane över radion när ambulansen rullade iväg. ”Jag ordnar så att du ansluter till oss senare. Stanna hos henne; betrakta dig som hennes livvakt tills Monterro får in sitt eget folk.”

”Uppfattat, sir”, svarade Jack innan han slog av radion.

Arianas grepp om hans hand var så hårt att fingrarna vitnade. Han sträckte sig över och lade försiktigt sin fria hand ovanpå hennes. ”Det är lugnt, Ms Monterro. Jag är här.”

Hon studerade hans ansikte med stora bruna ögon; det hon såg måste ha lugnat henne, fast han inte kunde förstå hur, med ansiktet randigt av djungelfärgad kamouflagefärg, svett och krutstänk. Kanske såg han bara tillräckligt farlig ut för att hon skulle känna sig trygg med att ingen annan vågade ge sig på henne, men hennes grepp lättade en aning.

Sjukvårdaren som satt bak i ambulansen med dem lutade sig fram och frågade, på öarnas tungt accentuerade engelska, om Ariana var skadad. Hon skakade tyst på huvudet.

”Är du säker?” frågade Jack. Han hade sett soldater i djup chock dö av skador de inte ens insett att de fått; Ariana var med all säkerhet i chock. Det enda blod han kunde se på henne satt på händerna, och han var ganska säker på att det kom från hennes mammas kropp.

”De rörde mig inte”, viskade hon; han fick anstränga sig för att höra henne över ambulansens tjutande siren. ”Mama höll dem borta från mig.”

"Okej." Han värkte i hjärtat av smärtan bakom de orden, åt hur hennes ansikte drog ihop sig. "Du har varit väldigt modig. Håll ut nu. Vi är snart på sjukhuset och din pappa kommer vara där."

Hon tog hans uppmaning bokstavligt, klamrade sig fast med ett vitknogigt grepp, även när de kom fram till sjukhuset och hon kördes till ett privat område som tydligen var reserverat för VIP:er. Det var lokal polis överallt och de bleknade när de fick syn på honom i stridsutrustning, med automatkarbinen svängande i remmen bakom ryggen, tjänstepistolen på höften och diverse andra vapen klart synliga.

En av poliserna, högre i rang eller kanske bara modigare än de andra, klev fram för att stoppa Jack. "Du kan inte gå in där", började han, och Ariana skrek.

"Nej! Nej! Släpp mig inte!" Hon ryckte upp i sittande på båren, grep efter Jack med den fria handen. "Lämna mig inte!"

"Jag lämnar dig inte", försökte Jack hålla rösten lugnande samtidigt som han stirrade ner polisen. "Du är trygg, Ms Monterro. Jag lämnar dig inte. Jag är US Army Ranger-löjtnant McAuley", han rabblade också sitt tjänstenummer, och polisen nickade till sist och backade.

Raul Monterro väntade tillsammans med vad Jack misstänkte var hela det lilla sjukhusets läkarstab; uttrycket i hans ansikte när han såg Ariana var förfärligt, en blandning av lättnad och ångest som Jack hoppades att han aldrig skulle behöva se igen. Han steg fram för att omfamna sin dotter, och hon släppte till slut taget om Jack och kastade sig i sin fars armar.

Kanske hade han kunnat backa undan, smyga sig tyst ut ur rummet och lämna henne i sin fars vård, men det föll honom aldrig ens in. Han hade gett ett löfte och tänkte hålla det.

Och så befann han sig den natten på ett privatjet på väg mot Guàlize City, tjänstledig från Rangers på obestämd tid tills familjen Monterro gav klartecken. Raul Monterro hade varit innerligt tacksam, och när Jack försökte vifta bort det med att vilken Ranger som helst kunde ha varit den som hittade Ariana, hade Raul mött hans blick och även tackat honom för att han stannade hos henne.

Under de första dagarna fick Ari panik så fort Jack var utom synhåll. Guàlizeanerna som Raul tog in för att förstärka hennes livvakt var avvaktande mot Jack och iakttog varje steg han tog, men hans beredskap att lägga allt annat åt sidan för att ta hand om Ariana vann till slut deras respekt. Han sov på en tältsäng utanför hennes sovrumsdörr, redo att kasta sig upp på en sekund om hon gjorde minsta ljud.

Jack hade aldrig ifrågasatt sin omedelbara hängivenhet till Ariana. Hon behövde honom och alltså fanns han där. Han pratade med henne, tröstade henne, gjorde sitt bästa för att distrahera henne genom att lära henne kortspel, frågade om hennes drömmar och förhoppningar. Hon hoppades få läsa medicin i USA och hade oändligt med frågor till honom; Jack önskade bara att han hade rest mer så att han kunde svara bättre. Han hade vuxit upp i Atlanta, gått på Georgia State College på ett stipendium för amerikansk fotboll och gått in i armén efter examen när det stod klart att han inte var tillräckligt bra för att göra fotbollen till en betald karriär. Tuff, atletisk och smart blev han snart uppmuntrad att söka till Rangers.

Han hade besökt fler länder utomlands under utlandstjänst än amerikanska delstater; det hade inte förändrats på de senaste sex åren. Fortfarande stående med blicken riktad ner mot gatan, som nu var tyst i de tidiga morgontimmarna, drog Jack händerna genom det kortklippta håret innan han suckade och vände tillbaka mot sängen.

Det gjorde ingen nytta att älta det förflutna. Han behövde vara utvilad och fräsch på morgonen, för det var sannolikt att extrema insatser väntade direkt.

Jack hoppades bara att Ariana fortfarande var vid liv, så att hon gick att rädda den här gången också.

KAPITEL ELVA

ARIANA RYCKTES UR SIN dagdröm, sina tankar på en natt
för sex år sedan som hon aldrig hade kunnat glömma, när
dörren återigen öppnades utan förvarning. Hon blängde
på Tomàs, som stirrade tillbaka med ett arrogant flin på
läpparna.

”Dags för middag, Ariana.”

”Dra åt helvete.”

”Jag sa till *El Lobo* att du skulle säga det. Han befallde
mig att tala om för dig att du antingen tar på dig en av de
fina klänningarna han valt åt dig, eller så ska jag skära sön-
der allt du har på dig till trasor och släpa ner dig naken. Hur
som helst ska du ner till middagen.” Överdrivet demon-
strativt drog han en vass jaktkniv ur en slida runt låret och
började peta naglarna med den.

Vreden kvävde Ariana till tystnad ett ögonblick innan
hon väste: ”Ut.”

Tomàs höjde ett hånfullt ögonbryn.

”Gå *ut*. Han sa inte att du skulle stanna här och se till
att jag bytte om. Så stick. Och våga för i helvete inte öppna

den där dörren igen utan att först knacka och vänta på att jag säger att du får komma in."

Ett ögonblick trodde hon att hon skulle förlora viljornas kamp, men uppenbarligen oroade sig Tomàs för vad *El Lobo* kunde göra om Ariana sa att Tomàs hade nekat henne den hövligheten. Han sänkte blicken först och gick ut ur rummet, och dörren slog igen bakom honom.

Ariana tog ett djupt, lugnande andetag innan hon reste sig från sängen. En blick in i garderoben bekräftade hennes misstankar; *El Lobo* hade ingen smak över huvud taget. Hon bläddrade bland de grälla klänningarna med läppen föraktfullt uppdragen innan hon till slut valde den minst stötande och gick in i badrummet. Hon hade fortfarande inga planer på att duscha där, men hon var tvungen att använda toaletten och åtminstone tvätta ansikte och händer. Att göra det utan att ge några dolda kameror utsikt över delar av kroppen hon inte ville visa var något av akrobatik, men hon lyckades.

Att byta till den fula klänningen var en större utmaning, men till slut bestämde hon sig för att kliva in i garderoben. Det var trångt och mörkt, men åtminstone kunde hon vara säker på att varken Tomàs eller Gustav eller någon annan fick sig en rejäl titt.

När hon öppnade sovrumsdörren såg hon upp på Tomàs. "Då går vi."

"Du har varken fixat håret eller sminket", sa Tomàs kritiskt och lät blicken svepa upp och ner.

"Han specificerade att jag skulle bära en av hans motbjudande fula klänningar, inte vara sminkad som en hora", snäste hon tillbaka.

"Och du har inte satt på dig några av skorna..."

"För att du gav honom fel skostorlek. Jag tänker inte bryta fotleden bara för att du är för trög för att fatta att alla mina är måttsydda efter mina fötter", ljög hon och himlade med ögonen åt honom. Hon hade inte ens provat någon av de vedervärdiga stilettklackarna. De kunde funka som vapen i nödfall men det fanns inte en chans att hon skulle kunna röra sig snabbare än i en trippande gång i dem, och Ariana hade inte för avsikt att förlama sig på det sättet.

"Bortskämd liten rik subba", hörde hon Tomàs muttra bakom sig när hon gick före honom mot trappan, utan att bry sig om det fladdriga tyget som svassade runt benen.

"Jag är sannerligen van vid bättre än vad jag får här, och jag tänker påpeka det för Gustav", kastade Ariana tillbaka över axeln, och fick nöjet att se hur Tomàs bleknade. Det hade förstås varit hans jobb att lämna vidare inte bara hennes kläd- och skostorlekar, utan också hennes matpreferenser. Hon kände en illvillig tillfredsställelse i att bestämma sig för att låtsas äcklas av vad hon än blev serverad.

Att hon inte skulle behöva låtsas äckel insåg Ariana några minuter senare och rynkade på näsan. Tomàs hade uppenbarligen verkligen lämnat vidare hennes matpreferenser, *alla* — och Gustav, i ett groteskt överdådigt försök att imponera på henne, hade tydligen beställt att varenda en av dem skulle tillagas. Det låg tillräckligt med mat på ett långt, polerat matbord i mahogny för att mätta en armé, inte bara dem två. Synen av så mycket mat, varav det mesta utan tvekan skulle gå till spillo, äcklade henne.

"Du är vacker, Ariana", sa Gustav och höll ut en stol åt henne. Hon stirrade på honom en stund innan hon släppte ifrån sig en uppgiven suck och sjönk ner utan grace.

”Champagne?” Gustav höjde flaskan så att hon såg.

”Jag dricker inte. Sa inte Tomàs det till dig?” sa Ariana kallt.

Gustav sköt en rasande blick mot Tomàs, som lyfte på axlarna i en urskuldande gest.

”Min ursäkt, herrn, jag förstod inte att det kunde vara relevant.”

Gustav satte sig på sin stol, hällde upp ett rejält glas åt sig själv och tog en stadig klunk innan han frågade: ”Varför dricker du inte, min kära?”

”Jag dricker inte, röker inte och knarkar inte”, sa hon och såg menande mot spegeln på ett sidobord som hon hade lagt märke till så fort hon kom in i rummet, med linor kokain uppdragna på ytan och ett kasserat sugrör bredvid. ”Jag har just tagit min läkarexamen; jag har sett skadorna alla tre kan orsaka.”

”Du går miste om något. Kickarna kokain ger, det finns inget liknande.” Gustav log brett. Han hade redan tagit, insåg Ariana. Pupillerna var vidgade, talet snabbt, orden snubblade över varandra. Hon sa ingenting. Det var meningslöst.

”Vatten, Tomàs”, sa hon befallande och pekade mot några förseglade flaskor på skänken. Tomàs rynkade pannan åt henne, och ryckte till när Gustav for upp.

”Varför dröjer du? Hämta det åt henne, genast!”

Tomàs höll på att snava på fötterna i sin iver att räcka Ariana vattenflaskan. Hon tog den ur hans hand med en kunglig nickning, skruvade av korken och tog en klunk.

”Vad vill du äta, Ariana? Varsågod, de här rätterna är tillagade särskilt för dig...”

Hon mådde illa bara av att tänka på det, på var pengarna hade kommit ifrån för att betala allt detta, på det rena slöseriet när så många människor led på grund av *El Lobos* smutsiga handel. Men hon behövde äta, så hon räckte tyst efter ett fat med *pabellón a criollo,* den lokala delikatessen med nötkött och bönor på ris toppat med stekt ägg, och skopade upp lite på sin tallrik. Åtminstone kunde hon äta det med bara gaffel i sin enda fungerande hand.

Gustav åt inte — ingen överraskning, tänkte hon, med vetskapen om att kokain dämpar aptiten — och han fortsatte prata medan hon åt. Han var nästan manisk, gestikulerade stort, berättade om alla pengar han lagt på att bygga huset, om arkitekten han hade anlitat från Spanien och flugit hit enkom för ändamålet. Den bakgrund hon hade undrat över när hon sett att han var vit; hans farföräldrar hade lämnat Tyskland på 1940-talet, hans far var född i Argentina, hans mor en ryska.

Ariana åt bara under tystnad och lyssnade. Gustav gjorde regelbundna pauser, och hon insåg att han väntade på att hon skulle kommentera, men hon hade ärligt talat ingenting att säga. Förväntade han sig beröm, för att han profiterade på hennes folks blod och tårar? Glädje, över att han var ättling till en man som uppenbarligen varit en nazist på flykt undan rättvisan? Efter fjärde gången han gjorde en paus och stirrade förväntansfullt på henne, och bara fick stum tystnad tillbaka, hörde hon Tomàs fnissa svagt bakom henne, där han stod vid dörren.

"Du vågar skratta åt *El Lobo Negro!*" Gustav for upp igen, men den här gången drog han sin pistol och riktade den rakt mot Tomàs. "Du har svikit mig!" skrek han, med saliv i mungiporna. "Hon dricker inte min champagne, hon bär inte skorna jag valt, hon äter inte den här maten!"

"Hon är en upprorisk unge som inte förstår sin verkliga situation", sa Tomàs med stadig, lugn röst trots pistolen mot sig. "Hon kommer snart nog att lära sig att det ligger i hennes eget bästa att behaga er."

"Dra åt helvete, din jävel", spottade Ariana åt honom. "Två jävla år har du bevakat mig och du fattar fortfarande inte ett skit om vem jag egentligen är."

"Jag vet att du är en bortskämd liten subba!" skrek Tomàs tillbaka.

Knallen från *El Lobos* guldförgyllda pistol var öronbedövande i det trånga rummet. En röd stjärna blommade plötsligt i pannan på Tomàs innan blicken glasades och han föll ihop som en marionett vars trådar klippts av.

Det var instinkt som fick Ariana att kasta sig upp på fötter och rusa till Tomàs sida, men innan hon ens hann knäböja för att känna efter pulsen visste hon att det var för sent. Han var död innan han ens slog i golvet.

"Du dödade honom", sa hon tonlöst. Hon hade sett döden under sin praktik, förstås; men att se människor dö och att se någon kallblodigt mördas framför henne var två helt olika saker. "Du *dödade* honom!"

"Ditt fel!" skrek Gustav tillbaka. "Se vad du fick mig att göra!"

"Jag? Det var inte jag som fick dig att skjuta honom i huvudet, din förbannade best!" Chockad och arg skrek hon tillbaka utan att tänka. Han riktade pistolen mot hennes ansikte.

"Tro inte att jag inte skjuter dig också!"

Knäböjande bredvid Tomàs kropp borde hon ha krupit ihop under hotet, men allt inom henne gjorde uppror mot det. I stället höll hon Gustavs blick medan hennes hand långsamt, smygande, gled mot kniven som fortfarande satt i slidan på Tomàs lår.

"Jävla fitta", muttrade Gustav innan han vände sig bort och gick tillbaka mot spegeln med linorna av kokain redan utlagda.

Nu, tänkte Ariana. Ingen hade kommit springande vid ljudet av skotten, utan tvekan skulle ingen komma om de hörde skrik heller. Hon grep kniven i sin oskadda vänsterhand och kastade sig fram, fast besluten att skära upp Gustavs hals.

Han hörde henne komma när skorna sladdade mot den polerade marmorn; han snodde runt mot henne med övernaturlig snabbhet. Kniven var i hennes vänstra hand, däremot, inte den högra, och han hade pistolen på den sidan; han tvekade, precis länge nog för att Ariana skulle hinna sparka honom så hårt hon kunde på knäskålen. Hennes vänstra handled for upp, inte längre för att sticka utan för att blockera pistolen, pressa upp den bort från ansiktet, medan hon tyst förbannade sin nästan obrukbara högra handled.

Skottet small ännu mer öronbedövande den här gången, eftersom det var så nära hennes ansikte. Ariana blinkade till av chocken. Ett kort, bedövat tyst ögonblick uppstod när de stirrade på varandra.

Gustav stötte till, och Ariana drevs bakåt, oförmögen att stå emot hans drogpumpade styrka. Pistolen snärtade ner mot hennes ansikte igen, och hon stelnade till och undrade om han bara skulle skjuta henne.

Han måste väl inse att jag bara är värd något som gisslan om jag är vid liv...

"*Patrón?*" Det bankade högt på dörren.

”Kom in”, ropade Gustav efter en sekund, med sammanbitna käkar.

Två män skyndade in och var tvungna att knuffa undan Tomàs kropp för att komma in genom dörren. De ägnade den knappt en blick, utan såg bara på sin chef.

”Vi hörde ett skott, *patrón*. Är allt i sin ordning?”

De här männen var betydligt mer underdåniga än Tomàs hade varit, insåg Ariana. Det hade varit hans dödliga misstag, att inte uppträda tillräckligt underdånigt för att tillfredsställa *El Lobo*. Gustav förväntade sig inget mindre än hängivenhet från sina män, tolererade ingen trots.

Vilket kunde spela henne i händerna. Om hon på något sätt kunde ta ut honom fanns det troligen ingen stark andreman; hon kanske skulle kunna övertala männen att låta henne gå. Först behövde hon dock lista ut ett sätt att döda Gustav.

”Allt är bra”, sa Gustav, men han släppte inte Ariana med blicken. ”Fuentes irriterade mig.”

Hon vägrade sörja förrädaren som hade sålt henne till *El Lobo*, men det hindrade inte chocken över att se honom mördas framför hennes ögon från att ta ut sin rätt. Hennes hand började skaka, men hon vägrade sänka kniven, tänkte inte backa även med en pistol riktad mot ansiktet.

”Ta tillbaka henne till hennes rum”, sa Gustav till slut. ”Hon behöver lite tid att fundera över sin situation och förstå att det ligger i hennes eget bästa att samarbeta.”

Inte en chans, tänkte Ariana och blottade tänderna i ett tyst morr. Båda *sicarios* mätte henne, fortfarande med kniven i handen, med försiktighet. Hon grep den hårdare. Gustav fnös.

”Vadå, är ni fegisar? Vem är ni mest rädda för, henne eller mig?” Pistolen i hans hand svängde mot den närmaste mannen, och båda männen rörde sig snabbt, kom mot Ari i en tångmanöver. Hon visste att det skulle komma och rörde sig också, i hopp om att få med sig åtminstone en av dem, men hon tog blicken från Gustav för att göra det och hans hand slog ner över hennes handled. Det var den hand som höll pistolen och den tunga metallen daskade smärtsamt mot de ömtåliga benen, så att hon skrek av smärta. Kniven klirrade ur hennes grepp och de två *sicarios* tog tag i hennes armar och drog henne mot dörren.

Ariana svor och kämpade hela vägen tillbaka till rummet, med tårar av raseri och smärta forsande nerför kinderna när båda hennes värkande handleder skakades om. Hon hade en otäck känsla av att slaget mot hennes vänstra handled kan ha orsakat en fraktur på strålbenet; den gjorde ännu ondare än det malande värket från stukningen i den högra.

”In där, din Monterro-subba!” Hon knuffades in i rummet, dörren slogs igen bakom henne, och hon hörde det tydliga klicket när en nyckel vreds om i låset.

Hon sjönk ihop och lutade ryggen mot dörren, skakande av efterreaktion, och tog djupa andetag för att hålla en panikattack stången. Nattens prövning var kanske inte över än; Tomàs hade antytt tidigare att *El Lobo* planerade att ta henne till sängs. Det fanns antagligen inte mycket hon kunde göra för att stoppa knarkkungen om han kom för att våldta henne, särskilt med båda armarna skadade, men hon kunde åtminstone sinka honom. Hon grep ett par skor från garderoben, kilade in de spetsiga tåhättorna under dörren så gott hon kunde och tryckte stilettklackarna hårt i mattan, innan hon sköt och stuvade en tung, utsirad stol på plats och kilade in stolsryggen under dörrhandtaget.

Utmattad efter ansträngningen, med vänster handled skrikande av smärta, satt hon hopkrupen på heltäckningsmattan länge, med blicken fäst vid dörren. Hon hade inga illusioner om att Gustav inte kunde slå in den, eller beordra sina män att göra det, men åtminstone hade hon gjort allt hon kunde för att skydda sig.

Till sist, när hon tänkte att hon borde försöka vila lite och att hennes försiktighetsåtgärder vid dörren åtminstone skulle ge henne en varning om någon försökte ta sig in, pressade hon sig långsamt upp och gick till badrummet. Tomàs hade hämtat mer än ett bandage tidigare och hon kunde linda sin vänstra arm, även om hon nu var tämligen säker på att den var bruten. När hon försiktigt kände runt den lila bulan som svällde på underarmen tårades ögonen och hon drog efter andan av smärta, men hon kunde inte känna att något ben låg fel. *En stabil, sluten fraktur*, försökte hon trösta sig. *Inte så farligt.*

"Skärp dig", sa Ariana till sin spegelbild i badrumsspegeln. Hon såg hemsk ut, blek och svettig, inte för att hon brydde sig om hur hon såg ut just nu, men att gå djupt in i chock kunde göra henne oförmögen precis när hon behövde vara skärpt.

Vad skulle Elliot säga?

"Triagering", hon kunde nästan höra hans kärva, stadiga röst. "Du vet hur man gör."

Just det. "Triagering", sa Ariana högt och vände sig för att leta efter det extra bandaget som hon mindes att Tomàs nästan hade kastat åt henne. Hon mindes nu att hon lagt det på byrån i sovrummet.

Att banda armen fick henne att vilja kräkas, och med höger arm stel och värkande fick hon det inte i närheten av så hårt som hon behövde, men hon tänkte inte knacka på dörren och be om hjälp. Att visa svaghet var att bokstavligen be om problem.

Nästa steg var att ta av sig den här vidriga klänningen. Tack och lov hade hon valt en utan dragkedja, även om det hala tyget satte stopp för hennes försök att dra den över huvudet.

”För helvete”, snäste Ariana till slut och ryckte i halsringningen. Det klena tyget gav vika lätt, sprack rakt ner till midjan, och hon krånglade sig äntligen ur den och kastade den på golvet.

Först då kom hon på att oroa sig för kameror. *Whatever*, tänkte hon, för trött för att bry sig. Hon hade fortfarande underkläder på sig. Det hängde en fluffig morgonrock på insidan av badrumsdörren; hon drog den trött på sig, hittade en tvättlapp bredvid handfatet och blötte den för att tvätta det svettiga ansiktet.

Att dricka ofiltrerat kranvatten var inte det bästa, men det såg rätt klart ut när hon lät det rinna, och det var inte som att hon hade särskilt många andra alternativ. Uttorkning var ett större hot just nu, enligt hennes bedömning, så hon kupade händerna ett par gånger och drack.

Till sist, utmattad bortom allt mått, stapplade hon halvvägs tillbaka in i sovrummet, puttade bort den vidriga pläden av jaguarpäls från sängen och föll ner på de sidenlena lakanen, noga med att trots tröttheten lägga sig på rygg och placera båda skadade armarna över magen. Med lite tur skulle *El Lobo* inte försöka något under natten och hon skulle må lite bättre på morgonen. Hennes ögon gled ihop och hon föll snabbt i en orolig, ryckig sömn.

Kapitel tolv

Det var ljudet av telefonen som till slut väckte Jack ur den lätta sömnen; han kastade sig upp ur sängen och grep den.

”McAuley”, snäste han.

”Ytterligare ett mejl kom, som sa var jag skulle hämta ett meddelande från *El Lobo Negro*”, sa Raul kortfattat.

”Du går inte och hämtar det!”

”Gå och lär din mormor suga ägg, McAuley.” Raul skrattade utan humor. ”Gutierrez skulle bryta benen av mig om jag ens tänkte tanken. Jag har skickat en av mina män. Han är tillbaka om en timme eller så; jag tänkte att du nog vill vara här.”

”Du har förstås rätt.” Jack drog den fria handen över ögonen och gick till fönstret för att titta ut. Det var fortfarande tidigt, staden dränkt i morgondis som färgade allt i sotgrå nyanser. ”Vill du att jag tar med de andra in?”

”Bäst att hålla er alla på ett ställe och borta från offentligheten, tror jag. Jag skickar en bil efter er och ordnar så att frukost kommer hit. Trettio minuter", tillade Raul som avsked innan han lade på.

De andra Rangers hade rum på samma våning; ett par snabba knackningar på varje dörr från Jack fick dem alla snabbt i rörelse, och när bilen kom hade de duschat, klätt på sig och var alerta.

"Med all respekt, sir, du ser för jävlig ut", muttrade Hunter lågt till Jack medan de väntade i ett hörn av lobbyn. "Blev det inte mycket sömn?"

"Du har ingen respekt alls, Hunter", svarade Jack och ignorerade frågan. "Jag är redo att köra så det ryker. Oroa dig inte för mig."

"Anledningen till att vi är här är just att oroa oss för dig, sir", lade Diaz in, uppenbart avlyssnande samtalet. "När översten bad om frivilliga fick han närapå upplopp när han sa att han bara kunde skicka tre. Halva regementet ville följa med, men han sa att det nog skulle räknas som en invasion och att vi nog borde låta bli."

"Hur sjutton hamnade jag med er tre idioter då?" muttrade Jack utan skärpa och visste att Brody Cullane inte hade kunnat skicka tre mer kompetenta soldater. Hunter skrattade åt honom när en stor svart SUV svängde in under hotellets portik.

"Ni hade väl bara tur, sir."

Jack skakade på huvudet och dolde sitt leende när han klev in i framsätet på SUV:en, medan de tre Rangers fnissade när de slog sig ner bakom honom. En kvinna i uniform från den guàlizeanska federalpolisen nickade åt honom från förarsätet, med bruna ögon som var lugna och stadiga.

"God morgon, kapten", sa kvinnan på lätt bruten engelska. "Jag har order att köra er till presidentpalatset. De här är till er och era män." Hon räckte över laminerade säkerhetsbrickor.

"Tack." Jack delade ut brickorna och tog ett ögonblick för att fästa sin egen i skjortfickan. Han visste bättre än att fråga föraren om detaljer från natten. Även om han gissade att kvinnan troligen var en av Rauls egna betrodda livvakter, var det klokt att hålla informationen så snävt som möjligt när de inte hade en aning om vem som eventuellt stod på El Lobos lönelista.

Det var inte långt till presidentpalatset. Jack hade inte riktigt uppskattat byggnadens skönhet och storslagenhet dagen innan, och han hade inte varit där under sitt förra besök i Guàlize. Nu såg han imponerat på när de körde nerför en lång allé kantad av bougainvilleaträd i full blom, en färgexplosion som bara framhävde den värdiga skönheten hos det vita marmorpalatset.

"Håller hela regeringen till här?" frågade Hunter från baksätet. "Det ser stort nog ut!"

"Bara regeringen och kongressens kammare", upplyste föraren. "Övriga politiker har sina kontor i Nya regeringsbyggnaden, som ligger precis bakom palatset."

"Jävligt imponerande ändå", mumlade Hunter, och Jack nickade i tyst bifall.

De blev ombedda att visa sina passerkort vid säkerhetsgrinden, medan två ytterligare federalpoliser gick över bilens undersida med speglar och en explosivämneshund nosade runt bilen.

Det var en nykter påminnelse om att Guàlize var ett land som såg sig självt som i ett inbördeskrig, där den sittande regeringen intog en hård linje mot narkotikahandeln. Raul Monterro var inte den första politikern som fått betala ett högt pris för sin lojalitet. Jack hoppades bara att han och hans team kunde hjälpa till att stoppa *El Lobo* och se till att Ariana inte blev det senaste offret i Guàlizes kamp mot narcos.

Raul gick av och an i sitt arbetsrum när Rangers släpptes in. Gutierrez nickade mot deras förare, som eskorterat dem dit, och kvinnan gjorde honnör innan hon gick och stängde dörren bestämt bakom sig.

"Har din man kommit tillbaka än?" frågade Jack.

"Han har kommit tillbaka till palatset, men paketet han hämtade måste genom säkerhetskontrollen innan det tas in." Raul grimaserade och fortsatte sin vandring.

"Därför att det vore ett lysande tillfälle att leverera en brevbomb eller ett kontaktgift direkt i era händer", sa Gutierrez nästintill lugnt. Det var uppenbart ett argument han framfört förut, och han hade fullständigt rätt, insåg Jack. *El Lobo Negro* måste åtminstone ana att kidnappningen av Ariana inte skulle ge honom de önskade resultaten. Det måste vara lockande att använda tillfället att undanröja Raul Monterro, landets justitieminister, en man som ägnat sin karriär åt kriget mot drogerna och vunnit anmärkningsvärda segrar de senaste åren. Kartellerna som en gång i det närmaste ägde Guàlize, hade valts in i höga ämbeten och agerade med total straffrihet, var i det närmaste utplånade.

Medan Jack tänkte på det reste sig Gutierrez. "Vi har fått in mat", sa han, "det finns en matsal bara här inne."

De tre andra Rangers följde ivrigt efter, och Jack tvekade bara kort innan han gick han också. Han behövde hålla energin uppe, och att traska av och an bredvid Raul skulle inte göra någon någon nytta. Det skulle definitivt inte få palatsets uppenbart effektiva och grundliga säkerhetsstyrkor att arbeta snabbare.

Rummet intill Rauls arbetsrum var uppenbart avsett för ministern att ta emot mindre sällskap för möten, men med sitt långa mahognybord och antika stoppade stolar blev det en mycket elegant matsal. Ett brett urval av frukt, charkuterier, ost och flera sorters bröd lockade Rangers att slå sig ner och hugga in, även om Jack, medan han fyllde sin tallrik, inte kunde låta bli att undra vad Ariana fick att äta, om hon alls fick mat.

Ariana vaknade med ett ryck när hon hörde ett ljud i rummet. Hon hade lämnat lampan bredvid sängen tänd, eftersom hon inte ville vakna i kompakt mörker, och i det svaga ljuset såg hon dörrhandtaget vridas om, någon försökte öppna dörren utifrån.

Det var mycket mörkt ute. Hon svor tyst över sin vana att vara utan klocka — hon hade slutat bära en under läkarutbildningen när hon ständigt fastnade med operationshandskarna i den, men den hade varit bra att ha nu, för hon hade ingen aning om vad klockan var.

Handtaget vred sig igen, dörren skakade. Rädd greppade Ariana det närmaste hon identifierat som ett vapen i rummet, en av de spetsigaste klackarna från garderoben. Väsande av smärta när hennes skadade handleder protesterade kravlade hon ändå ur sängen och ställde sig bredvid dörren och väntade. Om den som var utanför lyckades få upp den, tänkte hon mycket riktigt försöka köra stilettklacken i ögat på dem när de kom in.

Stod hon så här nära dörren kunde hon uppfatta det lågmälda samtalet utanför.

"Kom igen, få upp den", hetsade en röst.

"Jag försöker! Den har fastnat på något sätt."

"Slynan måste ha kilat igen den inifrån. Vi får slå in den."

Det blev en kort paus.

"Nej, det låter för mycket. *El patrón* dödar oss om han tar oss på bar gärning. Låt bli. Hon är kvar i morgon natt också. Vi kan vänta."

Grovt skratt nådde Arianas öron när de gick därifrån. Hon drog ett djupt andetag och sjönk mot väggen. Hon tvekade inte en sekund om att hon just undkommit en våldtäkt med ett nödrop, och troligen bara skjutit upp den några timmar.

"Jag hoppas att du har en plan, papi", viskade hon och kämpade mot tårarna som ville upp. "Och jag hoppas verkligen att den är bra."

Hon smög tillbaka till sängen, kröp ner under täcket trots att rummet var varmt och höll den högklackade skon tätt intill sig tills morgonen äntligen kom.

Rangers var klara med maten och drack kaffe, men ingen pratade medan de väntade på att Rauls man skulle komma med paketet från *El Lobo*. Till slut fick en knackning på dörren till yttre rummet dem alla att hoppa upp på fötter.

Gutierrez himlade med ögonen, viftade dem tillbaka och viftade med ett finger under näsan på Raul när han var på väg mot dörren själv. Jack log när Raul backade och såg tillrättavisad ut; Gutierrez var uppenbart en livvakt av yppersta klass. Han hade verkligen sin skyddsperson under kontroll.

Paketet bars in av en intetsägande guàlizeansk man med erfarna operatörens stadiga blick. Han visade ingen överraskning över att hitta sin chefs arbetsrum fullt av amerikanska soldater i civil, utan lät bara blicken metodiskt svepa över dem innan han räckte en liten plastlåda ungefär i skostorlek till Gutierrez.

"Den ursprungliga förpackningen har skickats iväg för fingeravtryck och DNA-prov", sa han på snabb spanska, "tillsammans med några hårstrån, för att kontrollera att det verkligen är señorita Monterrós."

Gutierrez nickade och ställde försiktigt lådan på skrivbordet. Han tog av locket och rynkade pannan när han och Raul tittade ner i den. "Fanns det ett brev?"

"Nej." Nykomlingen skakade på huvudet. "Inget brev. Det var en kartong inslagen i brunt papper, minister Monterrós namn skrivet på utsidan. Jag var där när säkerheten öppnade den; enda grejen i lådan var en plastpåse med det där i."

Raul stack ner handen i lådan och tog upp innehållet; nu såg Jack att det var en hårtuss, omkring 25 centimeter lång, knuten i vardera änden med en bit billig brun snöre. Något djupt inom honom värjde sig vid att något så simpelt ens rörde en avskuren bit av Arianas hår. Hon förtjänade inget mindre än de finaste sidenband. Det billiga snöret var bara ännu en förolämpning.

Jack lyssnade tyst medan Gutierrez pressade den andre agenten på detaljer om hämtningen, men det fanns egentligen inget att berätta. De hade fått ett mejl strax efter gryningen som sa att de skulle hämta ett paket i en liten park i en avlägsen del av staden; agenten hade hittat lådan under en parkbänk, plockat upp den och åkt rakt tillbaka. Ingen annan var ens i sikte.

”Tack”, sa Gutierrez till slut och klappade den andre mannen på axeln. ”Bra jobb i dag.”

Ett lugnt nickande när agenten med den stadiga blicken tog emot sitt beröm, och sedan var han borta, dörren gick tyst igen bakom honom.

Raul hade sjunkit ner i sin stol och lät Arianas hår löpa mellan fingrarna, med slutna ögon. Han såg ut som en man i fruktansvärd smärta.

Det var tyst i rummet i en lång, hemsk stund, och sedan, bakom Jack, sa sergeant Diaz lågt:

”Varför fanns det inget brev med håret, sir? Jag trodde att det första mejlet sa att det skulle levereras med en kravlista?”

”Det kommer säkert i ett nytt mejl”, sa Jack och fångade Gutierrez blick. Guàlizeanen nickade, öppnade laptopen och började skriva snabbt. ”Ett brev, oavsett för hand eller maskinskrivet, är trots allt bara ytterligare ett bevis.”

”Det finns ett nytt mejl”, sa Gutierrez bistert. ”Kom för ett par minuter sedan.”

”Läs det”, sa Raul trött, utan att besvära sig med att öppna ögonen. ”Säg vad han vill ha, som jag utan tvivel måste vägra. Säg vad priset för Arianas liv skulle vara.” Han lät uppgiven, utmattad. Jack fick en stark känsla av att Raul redan hade en ganska bra uppfattning om vad *El Lobo Negro* skulle be om.

”Jag utgår från att ni nu har mottagit den hälsning er dotter skickade till er”, läste Gutierrez från datorn, först på spanska och sedan, för Rangers skull, översatte han till engelska, även om alla åtminstone förstod spanska hyggligt. "För att köpa henne ytterligare en dag med alla kroppsdelar fortfarande fästa, har ni till midnatt i kväll på er att ordna frigivningen från Santa Luisa-fängelset av Juan Gabriel Alvarez."

Raul skrattade bittert. "Alvarez. Självklart. Den jäveln."

"Och vem är Alvarez?" frågade Jack, även om han trodde sig kunna gissa ganska väl.

"Lönnmördare, torped, kalla honom vad du vill. Vi visste att han var inblandad i El Lobos organisation när han togs för omkring tre veckor sedan vid en kontroll vid den colombianska gränsen", sa Raul och öppnade till slut ögonen. "Det verkar som att han kan vara viktigare än vi insåg. Ge order om att flytta honom till isoleringscell och förhöra honom igen, Ramón. Uppenbart vet han mer än han berättat."

"Han har inte berättat ett dugg, sir!"

"Precis." Rauls uttryck var obarmhärtigt. "Om Ariana måste betala priset, ska Alvarez också göra det. Skruva åt honom."

Rangers utbytte blickar. Ingen sa något medan Gutierrez blåste upp kinderna, men han svarade inte på Rauls order. I stället tog han upp en telefon ur fickan, slog ett nummer och gick in i angränsande rum, där han talade snabb spanska med den som svarade.

Jack iakttog Raul en minut eller två och sa till slut: "Har du något emot att jag vidarebefordrar mejlet till överstelöjtnant Cullane, sir? Jag skickade det första vidare till NSA för att kanske försöka spåra det bakåt."

Raul stirrade tomt framför sig och viftade nonchalant med handen. "Gör vad du vill med det."

Jack hörde hur någon skruvade på fötterna bakom honom och såg över axeln att Hunter gav honom en orolig blick. Han skakade knappt märkbart på huvudet och lät sin löjtnant förstå att han inte var orolig. Ja, Raul betedde sig lite underligt, men han tog bara in ny information. Den briljanta hjärna som gjort Raul Monterro till Guàlizes främste åklagare innan han kallades till justitiedepartementet skulle snart börja ticka igen.

När Jack hade vidarebefordrat mejlet till Brody Cullane med en begäran om en uppdatering om eventuella spårningsförsök av det tidigare mejlet, hade Raul öppnat skrivbordslådan och tagit fram en liten sammetsask. Han ställde den på bordet, öppnade den och lade sedan Arianas hårslinga på den polerade träytan bredvid asken.

Jack såg hur Rauls välmanikyrerade naglar snabbt petade upp knutarna på det grova snöret, innan han lade spillrorna i ett askfat han tog ur samma skrivbordslåda. Han tog god tid på sig att varsamt ringla Arianas hår i sammetsasken och vira det kring något som glimmade guld mot den mörka sammeten.

"Min hustrus vigselring", sa Raul utan att se upp från sin självvalda uppgift. Till slut stängde han asken och lade tillbaka den i skrivbordslådan, som han sköt igen tyst. "Är det någon som har eld?" frågade han och höjde till sist blicken.

Jack övervägde att påpeka att snöret också var bevis, men höll tyst när Diaz fiskade upp en tändare ur fickan och räckte över den.

"Tack, sergeant", sa Raul artigt och klickade igång tändaren. De såg alla tyst på medan snöret brann till svart aska, en svag stickande lukt steg kort upp innan luftkonditioneringen svepte bort den.

Skrapet från Rauls stol lät högt i det tysta rummet när han sköt den bakåt. "Nåväl, mina herrar", sa han, och rösten var åter skarp och klar. "Då sätter vi igång."

Gutierrez kom tillbaka in från rummet bredvid och slog igen telefonen. Han stannade upp och sniffade i luften, kisade, och skakade sedan på huvudet när han såg rökslingorna som steg upp från askfatet.

"Försök låta bli att elda upp mer bevis, sir?" bad han torrt.

"*El Lobo* bryr sig inte om vilka bevis vi hittar", svarade Raul med en huvudskakning. "Hela poängen här är att han äntligen träder fram, fräck och trotsig. Varför skulle han bry sig om vi hittar hans DNA i salivspår på ett kuvert?"

"Därför att då skulle vi veta vem fan han faktiskt *är*!" Gutierrez ansikte förvreds i ett morr, och Jack insåg att den stabile, professionelle livvakten var betydligt mer känslomässigt påverkad av situationen än han visat hittills. "Vi skulle veta hans *namn*, hans tidigare kontakter, de människor *han* bryr sig om!"

Ett lågt morrande av instämmande hördes, och Jack blev en aning förvånad när han insåg att det kom från hans egen strupe.

"Lugnt, chefen", sa Hunter lågt bakom honom.

Raul iakttog honom, såg Jack, och uttrycket i den äldre mannens ansikte var inte det minsta missnöjt. Efter ett ögonblick nickade Jack åt Raul och fick en nick tillbaka.

Ja, Jack skulle göra vad som än krävdes för att få tillbaka Ariana.

Vad som än krävdes.

KAPITEL TRETTON

SOLEN HADE GÅTT UPP för länge sedan, och Ariana hade
för länge sedan tappat humöret. Balkongdörrarna som
stått öppna när hon vaknade föregående eftermiddag hade
låsts någon gång när hon varit ute ur rummet och träffat
El Lobo, och rummet blev snabbt alldeles för varmt. Det
fanns en luftkonditioneringsenhet på väggen, men ingen
fjärrkontroll i rummet, och takfläkten reagerade inte på
några strömbrytare.

Hon hade väntat sig att någon skulle öppna dörren och
ge henne frukost. Men ingen kom, och när hon blev otålig
av magens kurr och dunkade med en sko mot dörren, högt
och tydligt krävde uppmärksamhet, kom inget svar.

Med örat mot dörren lyssnade Ariana. Hon visste att
den inte var ljudisolerad, det hade gårdagens samtal be-
visat, men hon kunde inte höra ett enda ljud.

Hon lämnade dörren och gick till balkongdörrarna,
kikade ut och kisade mot det starka solljuset. Hon hade
sett träd utanför i går, men knappt lagt märke till dem. Nu
tittade hon ordentligt och såg inte bara träd, utan den höga

tredubbla kronan av djungelns primärskog. Det fanns en röjd yta runt huset, och när hon kikade ut genom fönstret och mellan smidesjärnsstängerna på balkongen såg hon frodiga, blommande trädgårdar. Med kinden tryckt mot glaset för att kika åt vänster och höger såg hon en annan byggnad bortom ena änden av huset, men kunde inte riktigt uppfatta vad den användes till. Ett garage, kanske?

Det syntes inte en människa. Frustrerad bet hon ihop och övervägde att kasta axeln mot balkongdörren och försöka slå upp den, men sedan då? Även om hon skulle göra någon sorts rep av lakanen, skulle hennes skadade handleder hindra henne från att klättra ner till marken. Och *om* hon på något sätt lyckades ta sig ner, hade hon ingen aning om var hon befann sig; bara det faktum att det var högkronig regnskog sa henne att hon inte var i Guàlize City eller någon annan stad. Det betydde att flykt till fots inte var ett alternativ. Hon skulle gå vilse i djungeln på några minuter.

Hon skulle behöva ett slags fordon för att ha en chans att lyckas med en rymning, och det betydde att hon måste stjäla ett. Kisande mot byggnaden som möjligen var ett garage undrade hon om de lät nycklarna sitta kvar i bilarna. Om de befann sig avskilt kunde de mycket väl vara slarviga med sådant; varför oroa sig för stöld om det inte fanns någon där som kunde stjäla?

Med en suck av frustration gick Ariana tillbaka in i badrummet och lät kallt vatten rinna över handlederna, skvätte i ansiktet som brann av hetta. Åtminstone hade hon vatten att dricka, och det hade inte gjort henne sjuk i går kväll, så hon fick utgå från att det var säkert.

Förbannade *El Lobo*. Han hade förstått hur farlig hon var, insett att han inte kunde låta henne tala med sina män. Kanske hade hon spelat sina kort för hårt med Tomàs.

Å andra sidan hade det gett henne potentiellt värdefull information; *El Lobo* tappade snabbt humöret, gillade att frossa i sin egen vara och litade inte på någon.

Om hon bara kunde lista ut hur hon skulle vända det mot honom.

Tillbaka i sovrummet lade sig Ariana på sängen, hjärnan snurrande av möjligheter och planer. För Ariana Monterro kanske skulle dö här ute i djungeln, men hon tänkte sannerligen inte ge upp utan strid.

Dagen verkade pågå i oändliga timmar. Presidenten själv tittade in på Rauls kontor för att fråga om det fanns några nyheter, allvarligt bekymrad i blicken, och lovade Raul alla resurser han kunde behöva.

"Nyheterna hålls mycket hårt", lovade han Raul. "Ingen har frågat mig något; jag har inte hört Arianas namn så mycket som viskas."

"Än", sade Raul mörkt. De visste alla att det bara var en tidsfråga; *El Lobo* skulle högst troligt ringa TV-stationerna själv så fort han drog slutsatsen att Alvarez inte släpptes ur fängelset.

Raul hade flera möten inbokade på sitt kontor med tjänstemän från ministeriet den morgonen, och efter heta diskussioner bestämde han till slut att han inte borde ställa in, för att upprätthålla illusionen av normalitet så länge som möjligt. Rangersoldaterna skulle gå in i rummet bredvid och vänta tills mötena var över.

Gutierrez ordnade fram en kortlek och försäkrade dem om att rummet var ljudisolerat, och teamet föll tillbaka på soldaters urgamla väntetradition: att spela oändliga giv. Jack kunde ändå inte koncentrera sig, på helspänn varje gång dörren öppnades.

Mer mat kom vid lunchtid, *arepa* av majsmjöl fyllda med skinka och ost och *tajadas*, djupt friterade skivor av mogen matbanan. Hunter betraktade den kanna med mörkbrun vätska med isbitar i som följde med maten med misstänksamhet.

”Det där ser inte ut som iste.”

”Tamarindjuice”, sa Jack till honom. Han mindes den väl från sitt tidigare besök. Det hade varit en av Arianas favoritdrycker, och även om det var en förvärvad smak hade han lärt sig att tycka om den också.

Varför kan jag inte glömma en enda sak om henne?

Han visste varför i samma stund som han ställde sig frågan. Ariana Monterro var oförglömlig redan vid nitton; vad hon skulle kunna vara som kvinna vid tjugofem skrämde honom nästan.

Raul plockade i maten, såg Jack, och Gutierrez iakttog honom noggrant med bekymrad min. När telefonen på Rauls skrivbord ringde var Raul först på fötter och nästan sprang in på sitt kontor.

Jack fångade Gutierrez blick. ”Han är på bristningsgränsen”, varnade han, bekymrad.

”Vad kan jag göra?” sade agenten lågt, med en resignerad axelryckning. ”Ingenting kan vara normalt förrän det här är över.”

”Ramón!” Raul slog igen luren, kom farande tillbaka in i rummet, ögonen glödande av iver. ”Alvarez pratar!”

Gutierrez var på fötter direkt. ”Du vill åka dit, för att förhöra honom.” Det var ett enkelt konstaterande.

”Självklart.” Raul vände sig till Jack. ”Vi kan inte ta med dig, dock. Amerikanska soldater i presidentpalatset är inte så märkligt; att jag skulle ta med ens en av er in i Santa Luisa-fängelset vore något helt annat.”

”Jag fattar”, sa Jack, och det gjorde han. Han ville vara där själv, pressa ur knarksmugglaren detaljerna om var Ariana fanns, men han måste lita på att Rauls män gjorde sitt jobb.

”Jag ber min man köra dig tillbaka till hotellet. Vila lite; om vi får detaljer från Alvarez kan du få ge dig av om några timmar”, rådde Gutierrez.

Frustrerad knöt Jack händerna under bordet, men han nickade. Det fanns verkligen inget annat han kunde göra.

Ariana vaknade med ett ryck, först osäker på vad som väckt henne, tills mullret från en dieselmotor nådde hennes öron. Rummet var lite svalare, men hon kände sig ändå varm och klibbig. Hon tryckte sig upp från sängen och skyndade till balkongdörrarna, kikade ut precis i tid för att se en jeep komma ut ur djungeln på en grov stig som ledde runt baksidan av byggnaden bakom huset. På det här avståndet kunde hon inte urskilja några detaljer, bara att jeepen hade en förare och en passagerare.

Kanske skulle de faktiskt ge henne mat nu. Hennes rum vette åt öster, så solen låg bakom huset nu, men av skuggorna att döma var det sen eftermiddag, troligen efter klockan fyra.

När jeepen kom fylldes anläggningen plötsligt av liv. Hade *El Lobo* varit borta och hans män slappat, legat och dragit sig i hans frånvaro?

Kanske skulle hon aldrig få veta säkert om hennes magkänsla stämde, men inom tio minuter efter jeepens ankomst hördes steg utanför sovrumsdörren. Vaksam stod Ariana vid fönstret och iakttog dörren, och hon ryckte till när den öppnades och blottade inte några *sicarios*, utan en frodig, medelålders kvinna med en bricka i händerna.

”Vem är du?” frågade Ariana förvånat.

”Jag är Emilia, fröken”, svarade kvinnan lugnt och ställde ner en bricka på sidobordet. På den stod en flaska vatten och en tallrik med uppskuren frukt. Svälthungrig kunde Ariana inte hindra saliven från att rinna till när hon såg tallriken. ”*El Patrón* tyckte att ni skulle föredra att jag tog hand om er, snarare än män ni inte känner”, fortsatte Emilia. ”Är det något ni behöver?”

Det var en dum fråga, tyckte Ariana. ”En pistol och en flyktbil?” föreslog hon sarkastiskt.

Emilia såg inte det minsta förvånad ut. ”Ni ska äta middag med *El Patrón* klockan sju”, sade hon utan tonfall. ”Ta på er en fin klänning.” Hon vände på klacken och lämnade rummet, dörren klickade igen bakom henne och följdes omedelbart av ljudet av en nyckel som vreds om i låset.

Åtminstone var vattnet Emilia hade tagit med kallt, och det var frukten också. Ariana åt allt på tallriken och drack upp allt vatten. Luftkonditioneringen hade satts igång igen, och rummet började äntligen svalna. Sittande på sängkanten och begrundande sina alternativ medan hon sippade på det sista av det svala vattnet, tänkte hon dystert att hon borde ha bett Emilia om några böcker att läsa, för efter bara en dag instängd i rummet utan något att göra höll hon redan på att bli galen av rastlöshet.

När hon gick till badrummet för att tvätta bort den klibbiga fruktjuicen från händerna slog det henne att det fanns åtminstone en sak hon kunde göra, även om den bara skulle ge henne ett kort ögonblicks tillfredsställelse. Hon kunde gå igenom badrummet centimeter för centimeter och hitta eventuella kameror, lista ut hur hon skulle blockera dem så att hon kunde duscha utan att oroa sig för att någon pervo satt och tittade. Hennes knep att blockera dörren hade funkat rätt bra i går kväll, så hon gick tillbaka in i sovrummet för att upprepa det, kilade fast en klack under dörren och kilade in den utsirade stolen under dörrhandtaget igen.

Det tog henne inte lång tid att hitta den första kameran ovanpå det spegelklädda väggskåpet, riktad rakt mot duschen. Ett bestämt ryck och sladden lossnade ur väggen, vilket fick henne att le nöjt även om handleden värkte till. Hon slutade inte leta för det, och snart hittade hon en andra kamera, denna något bättre dold i en naturlig kvist i träpanelen på väggarna. Hon funderade i en minut på hur hon skulle ta hand om den, huvudet på sned, innan hon log igen. En klick tandkräm i linsen borde ordna *det*, och åtminstone brydde sig *El Lobo* tydligen tillräckligt om hennes tandhälsa för att ha försett henne med tandborste och tandkräm.

Ariana letade i tio minuter till, men hittade inget mer. Till slut drog hon ett djupt andetag och ryckte fatalistiskt på axlarna. Om hennes kidnappare såg henne duscha, även om de spelade in det och laddade upp det på internet, var det realistiskt sett i nuläget hennes minsta problem.

Det gjorde ont att linda av bandagen kring handlederna, men hon behövde se hur de såg ut, och hon visste mycket väl att de ändå inte satt tillräckligt hårt. När hon väl tvättat sig skulle hon försöka dra åt dem. När ingen hade stormat in — eller försökt — vid det laget hon var klar med att ta bort bandagen, bestämde hon att det var dags att chansa på en dusch.

Det var underbart med hett vatten mot hennes svettiga, smutsiga hud. Ariana vände ansiktet mot strålen och lät den skölja bort bekymren, bara för några sekunder. Den tysta, ihållande värken i de ömmande armarna drog tillbaka henne till verkligheten tidigare än hon velat, och hon suckade och grep efter tvålen för att snabbt tvätta sig och ta sig ur duschen innan någon gjorde intrång.

Att tvätta håret hade varit en mardröm med båda armarna onda och att torka det var uteslutet. Det fick helt enkelt bli en trasslig, fuktig massa. Kanske kunde Ariana be Emilia om hjälp att reda ut och fläta det om hon kom tillbaka, men hon tänkte inte knacka på dörren och be efter den andra kvinnan.

Hon suckade och granskade innehållet i garderoben. Den enda någorlunda anständiga klänningen hon hade haft på sig i går kväll var nu inte mer än trasor. Av det dussin klänningar som var kvar kunde hon inte föreställa sig att hon någonsin skulle ta på sig någon av dem. De korta klänningarna var så korta att rumpan knappt skulle vara täckt, och oavsett kjollängd hade de alla djupa, oanständiga urringningar. BH:n skulle vara mer än till hälften synlig under vilken som helst av dem, och hon tänkte sannerligen inte vara utan.

Till sist ryckte hon på axlarna och tog en klänning i något stretchigt, sidenliknande material. Den var mönstrad i skrikiga färger som förhoppningsvis skulle dra blicken till sig istället för hennes halvexponerade BH, och åtminstone innebar det elastiska tyget att hon slapp brottas med blixtlås. Hon krängde på sig klänningen och grimaserade åt spegelbilden.

"Det får duga", muttrade hon och vände sig bort från spegeln. Hon tänkte inte ge sig på någon sminkning, och om *El Lobo* sa något om det skulle hon använda sina ömma handleder som ursäkt. Hon tänkte aldrig måla sig och låtsas vara hans hora, vad han än hotade med eller gjorde mot henne.

Kapitel fjorton

Den kvinnliga agenten med de stadiga ögonen var den som mötte Rangers i parkeringsgaraget, ännu en svart SUV stod och väntade. Hon uppgav inte sitt namn, och de frågade inte efter det när hon körde dem tillbaka till hotellet.

"Jag ska ta en dusch och se om jag kan få några timmars sömn", sa Jack lågt när de fyra männen stannade till en sekund i hotellobbyn. "Om ni vill gå ut och kika runt är det okej, men ha mobilerna till hands." Gutierrez hade försett dem alla med billiga kontantkortsmobiler, aldrig tidigare använda, för att hålla kontakten.

"Hålla oss inom fem kvarter?" föreslog Hunter, och Jack nickade. Centrala Guàlize City var inte så mycket större än så, och om de höll sig inom det området kunde de vara tillbaka på hotellet inom tio minuter om de behövde ge sig av snabbt. Eftersom de kommit med reguljärflyg hade ingen av dem några vapen att hämta upp ändå.

”Håll ihop om ni går ut”, bad Jack. ”Ni tre, eller åtminstone två av er. Vi kan inte veta om vi är bevakade, och jag vill inte servera några lätta mål.”

”Sir.” Alla tre bekräftade ordern med korta nickar. De skulle ha saluterat om de varit i uniform, reflekterade Jack när han ensam vände mot hissen och de andra gick ut genom dörrarna igen. Troligen kände de sig lite rastlösa efter den långa flygresan igår och att ha varit instängda hela dagen i dag, de behövde sträcka på benen. Åtminstone hade han varit ute i djungeln i går, vid kraschplatsen. När han tänkte på det kom han ihåg att han behövde ringa Mara. Det skulle han göra när han var tillbaka på rummet. Raul hade ordnat så att Elliots kropp skulle föras tillbaka till Guàlize City tillsammans med de andra; på grund av brottsmisstankarna kring kraschen var det ett lagkrav att de obducerades. Elliots kropp skulle friges inom några dagar och Raul hade lovat att ordna hemtransport för hela den döda livvaktsstyrkan.

Det var inte ett lätt samtal, att sitta på kanten av sin hotellsäng i ett nedsläckt rum och berätta för Mara att Elliot definitivt var död. Att Jack hade sett hans kropp.

”Det måste göras en obduktion, men jag borde kunna ta hem honom om några dagar”, sa Jack till en gråtande Mara i luren.

”En obduktion, varför?” hickade hon fram. ”Han dog ju i en flygkrasch!”

För sent insåg Jack att han hade försagt sig. Han borde bara ha sagt till Mara att det fanns byråkrati att ta sig igenom innan han kunde föra hem Elliots kropp, tänkte han, äcklad av sig själv. Han tänkte inte ljuga för Mara, så i stället sa han: ”Mara... det finns mer än jag kan berätta just nu. Kvalificerat hemligt.”

Hon hade varit gift med en Ranger; hon visste att det fanns saker man inte kunde prata om. Hennes tankar skulle utan tvekan rusa iväg i spekulationer, men hon skulle inte säga ett ord till någon förrän han kunde ge henne mer information.

"Ariana?" Maras enda ord bar på en ocean av innebörd.

"Hemligt", gav Jack henne ett ensamordigt svar.

"Jag förstår." Mara blev tyst en stund innan hon sa: "Lycka till, Jack."

"Tack, Mara. Jag tar hem Elliot så fort jag kan."

"Tack *själv*", sa hon innan hon sa hejdå och la på.

Jack lade sig på rygg på sängen fortfarande fullt påklädd och stirrade upp i taket. I all intensitet i jakten på Ariana och hennes kidnappare hade han egentligen inte haft mycket tid att tänka på Elliots död. Det hade fortfarande inte landat att hans bästa vän verkligen var borta. Troligen skulle det inte göra det förrän han var hemma i USA igen, funderade han, tills Elliot kunde få den avskedsceremoni han förtjänade. Bara tanken på att han aldrig mer skulle se Elliot, aldrig mer höra det djupa skrockandet som förebådade ett av Elliots hemska skämt, var för svår att ta in just nu.

Han var tillräckligt trött efter den usla nattsömnen att sömnen inte var långt borta när han slöt ögonen. Han sov dock oroligt, plågad av drömmar om en ansiktslös man som högg av Arianas glansiga hår med en machete, lock för lock, allt närmare hennes hårbotten.

Jack for upp ur sin oroliga slummer vid en ljudlig knackning på dörren. Till sin förvåning såg han att ljuset utanför höll på att falna; han hade sovit längre än han insett.

”Vem där?” ropade han, satte sig upp och svängde benen över sängkanten.

”Hunter.”

”Kommer strax.”

Den mindre mannen var ensam när Jack öppnade dörren. ”Diaz och Mostyn tvättar bara av sig”, sa Hunter utan omsvep, ”och sen tänker vi gå ner och käka middag. Hänger du på?”

”Det gör jag väl.” Jack nickade. ”Hann ni kika runt?”

”Ja, det gjorde vi. Det här är en vacker stad, va? Inte riktigt vad jag väntade mig av Sydamerika.”

Med en vinkning bjöd Jack in Hunter i rummet, tog en ren skjorta ur ryggsäcken och bytte. ”Vad *trodde* du då?”

”Jag är inte helt säker, ärligt talat”, ryckte Hunter på axlarna. ”Med tanke på att jag aldrig varit här nere förut... jag gissar att jag tänkte att allt skulle vara som Rios kåkstäder jag sett på tv.”

Jack skrattade åt det, plockade upp sin kavaj och drog på den. ”Inte i Guàlize, eller inte i någon större skala i alla fall. Landet sitter på ett rejält oljefält på norra sidan av Maracaibosjön, och de har haft två hederliga och populära presidenter i rad de senaste fjorton åren. De har pumpat in massor av oljeintäkter i infrastruktur och utbildning, och genomsnittsinvånaren här klarar sig riktigt bra, tack så mycket. Det är därför Monterro och resten av regeringen är så fast beslutna att inte låta narkotikakarteller få fäste här igen.”

”Det fattar jag”, nickade Hunter. ”Det finns en liten marknad ett par kvarter härifrån, lokalbor som säljer färska råvaror och kryddor, den typen av grejer. Vi snackade med några av ståndägarna och herregud, vilka trevliga människor. Vänliga när de fick veta att vi var amerikaner också.”

Det var ovanligt nog för att väcka nyfikenhet, visste Jack. Han nickade när de lämnade rummet och gick längs korridoren för att knacka på de andras dörrar. ”Det var så när jag var här för sex år sen också. De är väldigt vänliga.”

”Ja, bra folk.”

Mostyn och Diaz var redo att gå, så de fyra gick ner till restaurangen igen. Det var gott om affärsmän där i små sällskap, så ingen ägnade de fyra männen en andra blick när de slog sig ner vid ett lugnt bord vid sidan av rummet.

Samma servitör som hade tagit hand om dem kvällen innan kom tillbaka för att ta deras beställningar. Jack hade fortfarande svårt att fokusera på menyn, så han väntade bara tills Hunter lagt sin beställning och sa sedan: ”Samma för mig, tack.”

De var halvvägs genom måltiden och pratade lågt om sevärdheterna männen sett under dagen när en rörelse vid dörren fångade Jacks blick.

”Gutierrez är här.” Och på mannens min att döma hade han nyheter. Jack släppte gaffeln på tallriken och reste sig när Gutierrez kom fram till bordet.

”McAuley. Vi har hittat dem”, gick Gutierrez rakt på sak.

”Då drar vi. Åh, maten”, vände sig Jack tillbaka mot bordet. ”Bäst att be om notan.”

”Det är ordnat”, avfärdade Gutierrez hans oro med en gest. ”Kom. Mr Monterro väntar på er.”

Det stod genast klart att de inte var på väg tillbaka till presidentpalatset, när Gutierrez svängde SUV:en åt ett annat håll.

”Flygplatsen”, sa han kort när Jack frågade vart de var på väg, och med det fick Jack nöja sig.

”Är det här klokt, sir?” sa Hunter dämpat när de fyra Rangers följde Gutierrez ur SUV:en och in i en flyghangar. ”Det här är inte militärt...” tvärtom, planet som stod i hangaren var en privat affärsjet, en skinande ny Gulfstream tvillinglik den Jack sett kraschad i djungeln.

”Vi kan inte riskera att involvera guàlizeanska militären”, svarade Jack lika lågt. ”Inte om vi vill ha överraskningsmomentet. *El Lobo Negro* har ögon och öron överallt.” Han delade Hunters farhågor, men han litade på att Raul Monterro ville ge dem bästa möjliga chans att hämta hem Ariana levande. Han skulle inte göra något som äventyrade det.

De verkade vara helt ensamma i hangaren förutom Gutierrez, som stängde dörren de kommit in igenom innan han gick bort till planet och ropade upp mot cockpit. En sekund senare stack Raul Monterro ut huvudet genom den öppna dörren, nickade när han såg dem och kom ner för trappan.

”Gör bara förkontroller”, sa han när Jack gav honom en frågande blick.

”Jag visste inte att ni var pilot, sir”, sa Jack, en smula förvånad.

”En hobby”, ryckte Raul på axlarna. ”Som tur är är jag behörig att flyga en sån här jet. Den här tillhör en vän som var villig att låna ut den till mig med kort varsel.”

”För att flyga vart?”

”Kom”, vinkade Raul, och Rangers följde honom till en grupp bord som ställts upp vid sidan av hangaren. Kartor och fotografier låg utbredda där, några av dem som Jack sett tidigare och andra som var nya för honom.

”Vad föredrar er överste Cullane att dricka?” frågade Raul oväntat.

”Uh... jag är inte säker. Whisky, tror jag?” sa Jack, tagen på sängen.

”Jag ska se till att skicka honom en låda av det allra bästa. Han ringde tillbaka inte långt efter att ni gick; er NSA levererade till slut spårningen av det ursprungliga mejlet och mina folk kunde göra resten. Ursprungssignalen skickades från den här egendomen.” Raul tog upp ett fotografi och räckte över.

”Påkostat”, konstaterade Jack och studerade bilden av det vita ranchhuset. Tre våningar högt och tolv fullstora fönster över framsidan, det var en massiv fastighet som inte skulle se malplacerad ut i the Hamptons.

”Och inget som vem som helst har råd att bygga i Guàlize, förstår ni. Formellt byggdes fastigheten som en eko-turistloge. Att försöka boka via deras hemsida — en hemsida som är extremt svår att hitta överhuvudtaget, och som försöker installera virus på din dator när du väl gör det — är så gott som omöjligt. Narkotikabekämpningen har haft ögonen på stället ett tag nu.”

”Ni tror att egendomen tillhör *El Lobo Negro*?”

”Sannerligen.” Raul la till några satellitfoton till bilden Jack höll. ”Inte riktigt lika bra som dem från NSA, men Google är snabbare. Bygget på fastigheten färdigställdes för drygt ett år sen och de här bilderna är fyra månader gamla.”

Bilderna var visserligen inte lika högupplösta som fotot som avslöjat den hemliga smuggelvägen dagen innan, men de dög utmärkt för Jacks syften. Han bredde ut dem på bordet och han och de andra Rangers studerade dem noga, granskade byggnaderna som syntes i komplexet —

det fanns flera mindre förutom det enorma ranchhuset —
och resonerade om deras funktion och hur många fientliga
de kunde räkna med på plats.

"Vi måste gå in väl beväpnade", sa Hunter och drog
fingertoppen över byggnaderna. "Och vi kan inte släppas
rakt ovanpå objektet. Måste ta oss in och spana."

"Ingen tid för dold spaning", sa Jack spänt. "Vi måste gå
in hårt och ta ut Ms Monterro därifrån."

Ingen av dem gillade det, men de visste också att han
hade rätt. Jack såg sidoblicken de två sergeanterna bytte
och visste vad de tänkte.

"Vi kommer att behöva rätt tung eldkraft", det var
Mostyn som satte ord på det.

Raul log. "Som tur är har jag tänkt på det."

Han gestikulerade åt dem att följa med runt planet till
andra sidan av hangaren, där de tvärstannade vid åsynen av
vapnen som Gutierrez höll på att ladda med ammunition.

"Jag trodde ni sa att vi inte fick arméstöd?" sa Hunter.

"Det får ni inte." Gutierrez kastade en blick på honom,
sprack upp i ett grin. "Jag har bara fyra fallskärmar."

"Och nog med vapen för ett halvt kompani! Var i helvete
fick ni tag på allt det här?" Hunter klev fram, tog upp ett
sprillans nytt automatgevär och granskade det imponerat.

"Fråga inte, så berättar jag inte." Gutierrez' grin gled
över i en självsäker min.

Det fanns nya kläder till var och en också, djungelka-
mouflerade fältuniformer, två fulla uppsättningar var, en
packning redan förberedd med akuta sjukvårdsförnöden-
heter, och mer ammunition och sprängmedel än de nå-
gonsin skulle kunna bära.

De tog femton minuter på sig att göra sina val och pac-
ka sin utrustning innan de återvände till planeringsbor-

det. De kanske skyndade på intrånget, men Jack ville vara jävligt säker på att de hade flera alternativa extraktionsplaner ifall allt gick åt skogen, för det fanns hög sannolikhet att *något* skulle hända som sabbade grundplanen.

Raul var otålig att komma iväg, men Gutierrez var uppenbart före detta specialförband och övertalade sin chef att ha tålamod medan Rangers gick igenom sin process. Och det var tur att de inte gav sig av direkt, för precis när de äntligen knöt ihop säcken och skulle lasta planet, fick ljudet av en bil som stannade utanför dem alla att stelna till och titta på varandra.

Gutierrez var först i rörelse, drog sin pistol och gick mot entrédörren. En minut senare vände han sig mot Jack, höjde på ögonbrynen och tog sedan med den nytillkomne in i hangaren.

”Ni har besök, kapten McAuley.”

”Känner jag er?” frågade Jack förvånat; mannen som såg lokal ut var inte det minsta bekant.

”Tja, vi träffades bara hastigt i går, och jag presenterade mig inte direkt”, sa mannen med ett flin, och Jack insåg plötsligt att det var den amerikanske agenten som gett honom satellitfotona i parken dagen innan. ”Jag vet inte vad ni gör här och jag vill absolut inte veta — trovärdig förnekbarhet och allt det där — men jag har det här till er. Kom precis med eftermiddagsflyget, i den diplomatiska väskan.”

Jacks ögonbryn for upp när han öppnade väskan agenten räckte över, och ett leende spred sig över hans ansikte. Inuti låg ett halvdussin av Rangers krypterade personliga radioapparater. Han hade hatat tanken på att gå in utan komms, men de kunde inte garantera att något de fick tag på i Guàlize skulle vara säkert. Att ha radioapparater som de var övertygade om att fienden inte kunde snappa upp ökade definitivt deras chanser till framgång.

”Lycka till, kapten McAuley”, sa agenten tyst, innan han vände sig till Raul med respekt. ”Jag önskar er all framgång i att snabbt återföra Ms Monterro, sir.”

”Tack”, nickade Raul till svar, och de såg på när Gutierrez eskorterade ut agenten igen.

”Fick vi någonsin hans namn?” sa Raul efter en stund.

”Tror ni verkligen att han skulle ha gett er sitt riktiga?” frågade Hunter torrt tillbaka.

Kapitel femton

Ariana hade ingen möjlighet att veta vad klockan var, men hon antog att den var sju, eller strax före, när hennes dörr låstes upp igen. Hon hade flyttat undan stolen och skorna för att låta dörren öppnas fritt och satt vid fönstret med händerna sirligt vikta i knät.

Det var inte Emilia som öppnade dörren; det var en av Gustavs *sicarios*, en smal man med yvig mustasch och kalla ögon som på en orm. En annan man stod bakom honom, rundansiktad och flinande snuskigt medan han stirrade på Arianas urringning. Hon ignorerade dem båda, reste sig och gick förbi med huvudet högt, lugn och tyst. Bakom henne mumlade någon av dem något hon inte uppfattade, men det snuskiga skrattet som följde fick håren i nacken att resa sig.

Ariana tvingade sig att hålla jämn takt när hon gick nerför trappan. Hon hade inte för avsikt att låta ett par torpeder skrämma henne, inte när det verkliga hotet väntade i matsalen, log varmt och erbjöd henne ett urval alkoholfria drycker.

"Vatten blir bra, tack", sa hon svalt. "Jag gillar inte sockersötad läsk, och aspartam i lightläsk är ett hemskt ämne. Det är cancerframkallande."

Gustav malde faktiskt tänder, och Ariana undrade om han hade gjort en särskild tur för att skaffa läsken. Försökte han verkligen göra henne till lags? Trodde han verkligen att hon skulle kunna förföras av hans ansträngningar?

Hon ignorerade honom, satte sig vid bordet och såg på maten som var uppdukad. Åtminstone stod det inte en middag för tjugo i kväll; det fanns bara ett halvdussin rätter på bordet, inga grandiosa eller komplicerade.

Gustav hällde upp ett glas vatten åt henne, och hennes uppfostran fick henne att mumla ett lågt tack. Han tog sin egen plats.

"I kväll får vi veta hur högt din far värderar ditt liv", sa han illvilligt.

"Han värderar det inte över vårt land, det försäkrar jag dig", sa Ariana med uttråkad ton och funderade på vad hon ville äta. Fruktfatet tidigare hade dämpat värsta hungern, men hon behövde hålla styrkan uppe även om hon inte fick någon motion. Hon tog några *quesadillas* och lade två på sin tallrik.

Gustav verkade inte ha unnat sig kokain i kväll, för han åt, fyllde sin tallrik och vräkte i sig maten med rejäla klunkar rödvin från glaset. Hans bordsskick var motbjudande; Ariana gjorde sitt bästa för att hålla blicken på sin egen tallrik så att hon slapp se hans tuggande med öppen mun, de flottiga fingrarna som han torkade av på kläderna.

Knarkkungen verkade inte veta vad han skulle säga till henne när han inte kom med hot. Han lyckades få ur sig några kommentarer som Ariana nästan hade kunnat tolka som flirt, om inte komplimangerna varit så förolämpande.

Tydligen ansåg *El Lobo* att kvinnor var det underlägsna könet, och att behandla dem som om de kunde vara intelligenta varelser med egna tankar och åsikter var en främmande tanke för honom.

Ariana ignorerade sin oönskade middagsgäst så gott hon kunde. Hon åt sina *quesadillas* och drack sitt vatten, gjorde sig färdig och satt tyst med händerna i knät.

"Varför pratar du inte?" sa Gustav till slut, uppenbart irriterad över hennes attityd. "Kvinnor håller aldrig käften i vanliga fall."

"Då borde mitt beslut att inte prata komma som en trevlig överraskning", kontrade Ariana.

Uppenbarligen oförmögen att hitta något svar på hennes logik stirrade han hårt på henne. Hon kände tyngden av hans blick, men tvingade sig att inte titta upp, utan höll blicken fäst vid sin tomma tallrik.

Tystnaden bröts igen, den här gången av det distinkta smattret från automatvapeneld, och Gustav for upp på fötter, ropade på sina män och drog sin guldpläterade pistol ur kavajen. Ariana satt helt stilla, hon ville inte provocera honom när pistolmynningen svängde åt hennes håll.

"Vi är under angrepp, *patrón*!" rabblade en av männen som rusat in i rummet på Gustavs rop, med uppspärrade, rädda ögon. Det var den kallögde mannen som hade öppnat Arianas dörr tidigare, och han såg inte alls lika självsäker ut nu, noterade hon med återhållen tillfredsställelse. "Det är amerikaner!"

"Var inte löjlig", snäste Gustav tillbaka. "Varför skulle *amerikaner* vara här? Nej, det är Monterros män. Nå, vi får se hur villig han är att fortsätta när hans älskade dotters liv står på spel. Ta upp henne och håll henne fast."

"Vänta, va?" Ariana for upp på fötter och svor när den kallögde mannen grep tag hårt i hennes överarm. "Ta för helvete bort händerna från mig!" Hon såg på Gustav, men han ignorerade henne, skyndade ut ur rummet och ropade på fler av sina män.

Den kallögde mannen och hans drulliga partner från tidigare halvdrog Ariana uppför trappan, mumlande hotelser medan hon sparkade och kämpade emot.

"Vi tar itu med dig senare", sa den kallögde mannen med ett sliskigt flin och drog in henne i hennes rum. "Det ska bli ett nöje att skicka din far en video där hans dyrbara dotter blir utnyttjad av varenda man som vill ha henne." Han följde kommentaren med en hård klatsch över rumpan, och hon skrek av raseri och rädsla, kämpande för att komma loss. Ingen av männen hade dock för avsikt att låta henne gå, och situationen blev snabbt värre när en av dem drog fram ett grovt buntband och fäste henne hårt vid sängstolpen, med händerna framför sig.

Efter det kunde hon inte göra annat än att skrika ut sin vrede mot det tomma rummet, även om de två männen lyckligtvis genast lämnade henne ifred. Ett ryck i buntbandet fick det att svartna för ögonen; smärtan i handlederna var mer än hon stod ut med. Stillastående och försökande att hämta andan lutade hon pannan mot den träklädda stolpen och bad att nästa person som kom in genom dörren skulle vara där för att rädda henne och inte för att döda eller våldta henne.

Lamporna slocknade tvärt, och Ariana högg efter andan. Ensam i mörkret, lyssnande till skottlossningen utanför, kände hon sig plötsligt mer rädd än under hela prövningen. På ett eller annat sätt skulle hennes öde strax avgöras, och hon hade inte ett dugg att säga till om.

Kapitel sexton

Sittande i andrepilotens stol stirrade Jack utan att se på den mörka djungeln under dem medan Raul styrde planet skickligt mot deras fällningspunkt. Ariana fanns där nere någonstans, i händerna på mannen — monstret — som han hade läst alldeles för mycket om i Rauls akter den morgonen. Sakerna *El Lobo Negro* hade gjort, hade beordrat, fick det att vända sig i magen. Tanken på vad det där aset kunde göra med Ari fick Jack att vilja falla på knä och be.

"Tio minuter", sa Raul lågt, och Jack nickade och reste sig. Han lade lätt en hand på Rauls axel.

"Vi hämtar tillbaka henne." *Eller dör i försöket*, hängde osagt i luften.

"Jag vet." Raul tog blicken från instrumenten och såg upp på Jack. Deras blickar möttes och de delade ett tyst ögonblick av samförstånd, i visshet om att det mycket väl kunde vara sista gången de sågs. "Ta hand om dig, Jack", sa Raul till slut, och Jack nickade.

”Du med, Raul”, sa han tyst, och hoppades att han skulle få se den äldre mannen igen snart.

När han gick tillbaka in i kabinen nickade han åt de andra tre; Hunter nickade tillbaka. De hade redan fallskärmarna och utrustningen på, redo att hoppa. Jack drog på sig sin, knäppte remmarna, gick bak till dörren och lade handen på handtaget och inväntade Rauls signal.

”Lycka till där nere”, sa Gutierrez från sätet vid dörren. ”Ta hem Ms Monterro, kapten.”

Det röda ljuset ovanför dörren tändes. Jack grep handtaget och drog upp det, öppnade dörren; tryckfallet slet i honom och försökte dra ut honom, men han höll sig hårt i ramen. Han skulle gå sist. Hunter var man i täten; han rörde sig snabbt förbi Jack och dök ut i det ylande mörkret.

Det tog mindre än tjugo sekunder för alla fyra Ranger-soldaterna att försvinna i nattens ylande svarthet. Gutierrez slet igen dörren och säkrade den innan han lossade remmarna och gick fram för att ta andrepilotens stol bredvid sin chef.

”Tror ni att de klarar det, sir?” var han tvungen att fråga.

”Om de inte gör det, må Gud förbarma sig över Ariana, för den Svarta Vargen gör det inte”, svarade Raul. Rösten var stadig och ansiktet kunde lika gärna ha varit hugget ur sten för all den känsla han visade, men Gutierrez kunde se hur ont det gjorde.

Tyst vände livvakten blicken framåt, ut i natten. Under andan viskade han en bön för de fyra män som frivilligt hade hoppat ut i mörkret för att försöka hitta Ariana Monterro bara för att en av dem bryddes sig om henne.

Fritt fallande ner i mörkret verkade tiden sakta ner för Jack, varje sekund drogs ut till en evighet i vilken han kunde se tillbaka på de beslut som hade lett honom hit.

Allt började, tänkte han, natten efter Luisa Monterrós begravning, när Ari bröt ihop och sökte tröst hos honom i sin sorg.

Gud förlåt honom, tänkte Jack bistert, *men han hade varit svag.* Ari var så vacker att vilken man som helst skulle titta två gånger, och hon hade inte kunnat vara mer perfekt i hans smak om hon varit beställd efter mått. Hon hade tjockt mörkbrunt hår i silkeslena vågor ner till korsryggen, ljusare, gulbruna ögon som gnistrade av eld mot honom, ansiktet en perfekt oval av gyllene hud och fylliga mjuka läppar. Och kroppen, hon var oemotståndlig, slanka kurvor och långa lemmar, pressad tätt mot honom när hon klamrade sig fast och kysste honom och erbjöd sig åt honom.

Oförlåtligt nog tappade han huvudet. Han hade i hemlighet fantiserat om Ariana sedan han först träffade henne; även om han gång på gång sagt åt sig själv att det var fel, kunde han inte sluta. Han hade aldrig låtit det färga deras umgänge, hade aldrig haft en tanke på att låta henne förstå hur attraktiv han tyckte att hon var.

Förrän nu, när hon var lindad runt honom, höll fast hårt, slet i hans kläder och gav ifrån sig små frustrerade ljud när hon inte fick av dem tillräckligt snabbt för att stilla sitt behov.

Han kysste henne vilt tillbaka, slet av sig skjorta och slips otåligt, lät henne dra fingrarna över hans kraftigt musklade bröstkorg. Hennes svarta klänning följde hans kläder ner på golvet, och den svarta siden-bh:n, trosorna, strumpebanden och strumporna under tände honom till vansinne.

Han viskade hennes namn mot hennes släta, gyllene hud innan han lät tungan följa varje centimeter av henne, för om han nu skulle göra det här så skulle Jack McAuley tamigtusan göra det ordentligt. Ingen hård, hastig parning för Ariana. Hon förtjänade mer, förtjänade ömhet, och det gav han henne, även om det inte fanns mycket ömhet kvar i honom när han till slut reste sig över henne och hon grävde in naglarna i hans rygg och bad om mer, *hårdare*.

Att bädda ner henne mätt och sovande och lämna henne var det svåraste han någonsin gjort, men han visste att han redan hade brutit mot den kardinalregel som gäller för livvaktandet.

Bli inte involverad med skyddspersonen.

Han hade inte berättat allt för Raul — han hade haft tur om han kommit levande ur Guàlize om han gjort det — men han hade medgett att han trodde att han kommit för nära Ari för att vara den opartiska, klarsynta livvakt hon behövde, och att han kände att hon i sin tur blivit för beroende av honom i sin sorg.

Raul, fortfarande rödögd av sin egen sorg, studerade Jack obekvämt länge innan han nickade. "Rättvist nog, löjtnant. Kapten Cullane har gett mig en lista med namn att kontakta, Rangers som nyligen har lämnat tjänsten eller är på väg att göra det. Ditt stod först, men jag undrar om du skulle kunna titta på de andra?"

Jack kunde knappast säga nej, så han satte sig och tittade på listan.

Elliots namn var det andra på listan, precis under hans eget.

Jack slöt ögonen av skuld för ett kort ögonblick. Om han hade tackat ja till jobbet, om han på något sätt hade kunnat säga nej till det Ari bad honom att ta, skulle Elliot fortfarande vara vid liv då? Skulle Mara inte vara en sörjande änka nu? Skulle Ari vara trygg vid Rauls sida? Herregud, vilken *röra*. Och nu hade han dragit in Hunter, Diaz och Mostyn i något som med största sannolikhet skulle bli en fullständig jävla röra, ett läge som det var fullt möjligt att ingen av dem skulle komma levande ur.

Allt på grund av en späd flicka som hållit hans hjärta i sin slanka hand i sex långa år, trots att han inte hade sett henne sedan den där natten.

Klockan i hans huvud tickade ner till noll och han tittade på höjdmätaren; siffran lyste klart och talade om att det var dags att öppna fallskärmen. En snabb knyck med handleden skickade ut pilotfallskärmen, och den hårda rycken över bröstet ett par sekunder senare berättade att huvudskärmen hade vecklat ut sig som den skulle.

Genom mörkerkikaren kunde han precis skymta de svaga konturerna av de andra skärmarna framför sig, männen som hängde under dem i en ljusare grön nyans. De hade valt en höjd ungefär en mile från anläggningen som nedsläppszon; det var närmare än Jack gillade, men en mile i djungeln motsvarade tio miles på öppet fält. Det skulle ta tid att ta sig fram, även för så erfarna män i den här terrängen som de fyra Ranger-soldaterna. De hade ingen underrättelse om läget de skulle möta, ingen spaning mer än några satellitbilder, ingen aning om hur många män *El Lobo* kunde ha på marken.

De skulle ha tur om någon av dem någonsin fick se en gryning till.

Jacks fötter slog i marken med en dov stöt; han tog landningen med den vana lättheten och satte snabbt igång med att ta av fallskärmen och knöla ihop den. Diaz kom fram för att ta den och gömma den med de andra; Jack nickade åt sergeanten och lyfte handen för att slå på radion. Hur översten Cullane hade lyckats få in de krypterade apparaterna i den diplomatiska väskan för leverans med så kort varsel hade Jack ingen aning om, men han skulle vara evigt tacksam, för det fanns ingen chans att den Svarta Vargen eller hans män skulle kunna snappa upp deras signaler.

”Alpha Lead”, sa han kort.

”Alpha One”, svarade Hunter omedelbart, och ”Alpha Two”, ”Alpha Three” från Mostyn och Diaz kom ett par sekunder senare.

”Alpha One, rapportera.”

”LZ är klar”, kom det kärva svaret.

På under fem minuter var höjden övergiven igen, de fyra männen rörde sig tillsammans genom djungeln med vapnen redo. De roterade spetsuppgiften mellan sig, använde machete för att ta sig igenom de tätaste partierna där de måste, men litade på sin mörkerutrustning och särskilt Hunters färdigheter för att ta sig fram smidigare. Jack skakade smått på huvudet av beundran när Hunter än en

gång hittade en passage genom ett till synes ogenomträng-
ligt snår. Löjtnanten hade vuxit upp i de täta skogarna i
norra Idaho och det märktes; även bland de högt skickliga
och tränade Rangers var Hunter den bäste "i skogen" som
Jack någonsin känt.

"Sa jag hur jävla glad jag är att du är med mig?" sa Jack
lågt, rakt i Hunters öra, när de pausade för en kort vila
ungefär halvvägs till målet.

"Det gjorde du inte, men tack", svarade Hunter, med ett
roat tonfall.

"Jag menar det. Att ni tre frivilligt följde med hit ner..."
han stockade sig och överraskade sig själv.

"Inget att oroa sig för, kapten," Hunter puffade honom
lätt på axeln. "Det är det här vi gör. Döda skurkarna, rädda
tjejen. Ms Monterro har ingen syster, va?"

"Om hon har det så paxar jag", hukade sig Diaz bredvid
dem, lyfte fältflaskan för en klunk och flinade, tänderna
kritvita i det kamouflagefärgade ansiktet.

"Hon skulle aldrig falla för din fula nuna", retades
Hunter.

Jack kom på sig själv med att le åt de väsande gliringarna
de bytte, om än för ett ögonblick. Trots att Hunter var
officer och Diaz underofficer hade den kamratskap och
tillit som fanns mellan hans män varit något Jack arbetat
hårt för att odla.

Han önskade bara att de hade resten av hans kompani
i ryggen. Ytterligare hundrafyrtio nånting mannar skulle
sitta som en smäck just nu. Till och med en pluton eller
två.

Jack tillät sig ett par ögonblicks vemodiga dagdrömmar
innan han puffade Diaz lätt. "Lägg av."

De två tystnade genast. Jack nuddade radion. "Alpha Lead, Alpha Two, rapportera." Mostyn hade gått en bit före för att spana.

Det var tyst några sekunder innan "Alpha Two. Kontakt tagen."

Alla tre var på fötter på en gång. "Alpha Lead, Alpha Two, *rapportera*!"

"Kontakt nedgjord. Fortsätt."

"Vad i helvete, Mostyn!" väste Jack när de tog sig genom träden och kom fram till den reslige sergeanten som böjde sig över en kropp på marken.

"Snubben var nära att pissa på mig. Han gick in i buskarna för att lätta på trycket. Jag låg bara och rekade."

De talade dämpat och litade på djungelns bakgrundsljud för att behålla skyddet. Mostyn pekade framåt och Jack insåg att de nått kanten av ett stort röjt område. Lampor inte alltför långt bort måste vara huset självt.

"Klarade du inte att få piss på dig, Mostyn?" stack Diaz in.

"Såg ingen vits med det. Hans livslängd var ändå under fem minuter."

Fotsoldaten var död, huvudet hängde löst på halsen. Han hade inte haft tid att ens pipa innan Mostyn reste sig ur mörkret och tog honom av daga.

"Hade han radio? Hund?"

"Inget. Jag tror inte ens han patrullerade på riktigt. Han kom bara hit för att pissa." Mostyn ryckte på axlarna. "Ren tur i oturen att han valde precis där jag låg."

De visste alla hur ett uppdrag kunde gå FUBAR på en sekund av inget annat än otur. Jack tackade sin lyckliga stjärna att Mostyn hade varit snabb nog att hindra fotsoldaten från att slå larm.

"Ingen tid för mer spaning", tog han ett snabbt beslut, "utifall han saknas innan vi är på plats. Vi går in. Nu direkt."

Kapitel sjutton

RANGERSOLDATERNA HADE GJORT UPP en grov plan ute i hangaren, som i princip kokade ner till *döda alla ni ser och ta er in i huset så fort som möjligt*. Den döde vakten betydde bara att de måste genomföra planen lite tidigare än tänkt, utan att lägga tid på spaning först. Jack insisterade på att gå först, vilket alla tre andra tyckte var en urusel idé, men eftersom han var deras överordnade kunde de inte snacka bort honom från det.

Hunter bestämde sig för att hålla sig till Jack som klister för att försöka hålla honom vid liv, och beordrade Mostyn och Diaz att bilda en andra grupp och gå mot huset från andra sidan. De sprang snabbt genom mörkret och höll radiopratet på ett minimum.

”Alpha Lead, Alpha Three; jag har en vaktbarack, tio fientliga där inne.”

”Ta ut den, Alpha Three”, beordrade Jack utan att missa en takt, och tio sekunder senare kom en kraftig explosion på andra sidan huset. Jack log och såg Hunters svarande grin när hans tänder blixtrade vita i mörkret. Diaz hade ett

särskilt handlag med sprängmedel och hade lastat på sig
med ett skadeglatt leende av allt det gods Gutierrez hade
försett dem med. Inte för att han hade behövt mycket; en
eller två handgranater in genom fönstret hade gjort jobbet
perfekt.

Det var skrik inifrån huset och ytterdörren flög upp, tre
män rusade ut och tittade sig vilt omkring, vapnen höjda
mot himlen.

"Jävla amatörer", spottade Hunter bredvid Jack. Löjt-
nanten bar en Mk 46 kulspruta. Jack hade himlat med
ögonen och muttrat om övervåld när Hunter valde den,
men han fick medge att Hunter kanske hade en poäng
om nyttan när ett enda tryck på avtryckaren tog ut alla tre
sicarios.

Det var rop inne i huset nu, ännu en explosion på bak-
sidan, och alla lampor slocknade plötsligt.

"Hittade generatorn", sade Diaz lakoniskt över radion.

"Vi måste in där", sade Jack, "de får panik. Titta", han
pekade mot husets hörn. "Jag ska klättra upp där, in
genom ett fönster. Täck mig."

"Din jävla galning!" väste Hunter tillbaka, men Jack var
redan uppe och sprang för fullt. Eld från husets fönster
pepprade efter hans hälar. Svärande besvarade Hunter el-
den, sprayade kulor mot fienderna, och skottlossningen
mattades av.

"Jävla helvete", sade Hunter högt, och sedan i radion:
"Alpha One, Alpha Lead har gått in."

"*Fan*", sade Mostyn uttrycksfullt innan han och Diaz
kvitterade ordentligt.

"Alpha One, jag ska anfalla ytterdörren", sade Hunter,
knappt troende på orden som kom ur hans egen mun, men

han behövde skapa en avledande manöver för Jack, ge sin kapten en chans att hitta gisslan. "Jag går in."

"Alpha Two, går in, det finns en dörr på västra sidan", kom svaret en sekund senare.

"Alpha Three, skit samma, jag går in genom fönstren." Det small ett *BOOM* när Diaz sprängde något mer och Hunter grimaserade innan han började springa, kulsprutan uppe och en matta av nedhållande eld framför sig när han stormade ytterdörren.

Spaljéerna Jack hade sett var inte direkt gjorda för att bära en mans vikt, och definitivt inte någon så stor och tung som han, lastad med full packning av vapen och utrustning. De knakade olycksbådande när han raskt hävde sig upp, och han försökte att inte lägga sin vikt på någon del längre än en bråkdel av en sekund. I höjd med ett fönster på andra våningen svängde han ut och for in med fötterna först, rullade när han landade på golvet, och geväret for upp i skjutläge med en gång.

Rummet var tomt, bedömde han snabbt genom mörkerseendet. Han kunde höra tung eld nere nu när de andra tre Rangers stormade huset; han sprang mot dörren och fann den låst.

"Fan!" Han slösade inte ammunition på att skjuta låset, utan lutade sig tillbaka och sparkade dörren av gångjärnen med en väldig spark från kängan. En man som passerade i korridoren utanför snodde runt med ett skrämt vrål och Jack sköt honom rakt mellan ögonen.

”Döda henne, döda subban!” skrek en röst metalliskt på spanska, och Jacks ansikte förvreds när han såg radion i den döde mannens bälte. Han böjde sig ner, ryckte åt sig den och pistolen bredvid, och började springa längs korridoren i den riktning mannen varit på väg, slet upp dörrar allt eftersom för att kasta en snabb blick in i varje rum.

”Är hon död? Säg att hon är död, jag vill att Monterro ska hitta liket!” skrek rösten igen, precis när Jack slet upp den sista dörren och fann Ariana, blek i ansiktet när hon vred sig för att titta på honom, händerna bundna vid sängstolpen.

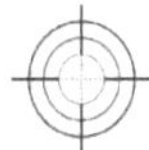

Ariana skrek när dörren flög upp och en man stod där. Hon kunde inte se hans ansikte i mörkret; det slog lågor utanför men i huset fanns inga lampor tända och hon såg bara att han var enorm, större än någon av de *sicarios* hon sett här, och att han lyfte en pistol mot henne.

Hon skrek så högt hon kunde, säker på att hon skulle dö inom några sekunder och inte tänkte hon gå tyst. Pistolen small med ett öronbedövande *knall* och hon väntade på smärtan, insåg att han inte hade träffat och tystnade i ren misstro. Han var mindre än en dryg meter bort. *Hur kunde han ens missa på det avståndet?*

”Klart, chefen. Hon är död”, sade Jack strävt på spanska i radion, släppte den på golvet och tog sig över till Ari i ett enda långt kliv, lade handen över hennes mun. ”Skrik inte igen”, sade han, nu på engelska, ”om de tror att ni är död kan det köpa oss en minut eller två.”

Med uppspärrade, chockade ögon såg Ariana hur han lade pistolen på sängen, drog en kniv och skar av buntbandet som höll henne vid sängstolpen. Den väldige mannen var amerikan, och det var något väldigt bekant med honom.

"Vem *är* ni?" frågade hon.

"Kapten McAuley, US Army Rangers, ma'am, ni kanske minns mig..."

Hon kisade upp mot hans ansikte när han befriade hennes händer, och sade med häpen förundran: *"Jack?"*

Jack ryckte till när hon sa hans namn och tittade på hennes ansikte. Han kunde se henne mycket bättre än hon kunde se honom, med NVG:erna på; se hennes stora, häpna ögon och särade läppar.

"Ja", sade han strävt, "jag är här för att få ut er."

Ariana kunde inte tro det. Jack, *här*. Han hade kommit för henne. *Igen*. "Varför?" frågade hon utan att ens tänka.

"För er far, Ari! Och för Elliot." När han fick syn på det vita bandaget på hennes högra handled, sträckte Jack sig efter det. "Är ni skadad?"

"Stukad. Den andra är rejält blåslagen, kanske spricka; mina händer duger inte mycket till just nu."

"Förhoppningsvis spelar det ingen roll. Kom. Tror ni att ni kan använda en pistol om ni måste?" Han plockade upp pistolen från sängen och räckte den till henne. Även om han litade på sin förmåga att skydda henne, vore det dumt att lämna Ariana försvarslös när han visste att Elliot hade tränat henne att klara sig själv.

"Jag skjuter den där jäveln *El Lobo* om jag ser honom", muttrade Ariana och tog pistolen. Dess tyngd drog i hennes värkande handleder men hon brydde sig inte, utan höll den med båda händerna säkert pekande mot golvet när hon följde Jack mot dörren.

Han behövde inte säga åt henne att hålla sig nära. Hon var ingen soldat men hon visste vad hon skulle göra, var uppenbart väl drillad i hur nära man skulle ligga ledaren under en exfiltration. Åtminstone hade hon vettiga, platta skor, och även om den tighta, silkeslena klänningen hon bar inte var det mest praktiska hade han knappast tid att låta henne byta om. Han undrade vad tusan som hade pågått innan Rangers kom, men det fanns ingen tid att prata om det nu.

”Alpha Lead, jag har paketet”, sade han kort i com:en. ”Möt vid exfilpunkt.”

Eldstriden på andra ställen i huset höll på att ebba ut; de andra tre svarade snabbt och Jack lade handen på Ari för att stadga henne när kängor klapprade uppför trappan mot dem och hon höjde pistolen.

”Han är med mig. Skjut inte.”

Det var Mostyn; sergeanten nickade åt Jack och kastade en snabb blick över Ariana. ”Sjukvårdare?” frågade han kort åt Jack, uppenbart också uppmärksam på hennes bandagerade handleder.

”Inget kritiskt.”

I samma ögonblick kom ett högt skrammel ovanför deras huvuden som fick dem alla att titta upp.

”Vad *är* det där?” frågade Ariana.

Jack svor. ”Helikoptern!”

Mostyn vred sig om utan ett ord, sprang tillbaka till trappan och rusade upp till översta våningen.

"Gå!" väste Jack, och Ariana skyndade efter den andre soldaten, medan Jack tog ryggen. De kom upp på taket precis i tid för att se helikoptern lyfta.

Jack slösade inte tid på svordomar. Han kunde redan höra Hunter göra det i radion, mellan korta skurar av skottlossning. "Alpha Lead, Alpha Three: alternativ exfiltration krävs", sade han i stället.

"Alla Alpha, Alpha Three, sydvästra hörnet", kom Diaz röst tillbaka några sekunder senare.

De tre sprang mot takhörnet, Mostyn slet av sig ryggsäcken och slet fram ett rullat rep och en änterhake. Ingenting syntes vid sydvästra hörnet ännu, men Jack tvivlade inte på Diaz.

"Gå, gå!" ropade han åt Mostyn, som nickade, slog fast kroken i taket och kastade sig ut, firade sig ner längs husväggen i en framåtlutad sprint som gjorde Ariana illamående bara av att se.

"Jag kan inte..." hon höll upp händerna mot Jack. Hon tvivlade på att hon ens kunde få ordentligt grepp om repet just nu, och hon hade inga handskar.

"Jag vet", sade han, slängde geväret runt på ryggen, tog pistolen ur hennes hand och stack den i en sidoficka på ryggsäcken. "Lägg armarna runt min hals." Han grep repet, satte fötterna mot takkanten. "Kom nu, Ari. Ni vet att jag inte låter något hända er."

Två explosioner small samtidigt, inte långt bort, ljusorange lågor lyste upp natten och visade henne hans ansikte ordentligt för första gången. Han var insmetad i svart och grön kamouflagekräm och bar fortfarande de där futuristiska, främmande goggles som täckte ögonen.

Hur kan ni vara så säker? ville hon skrika åt honom. Det var långt ner till marken, och de hade fortfarande ingen synlig flyktväg.

Jack stod bara stilla och väntade. Han kunde inte firas ner med en hand, inte med packningen och Ariana. Hur gärna han än ville kunde han inte bara grabba tag i henne och bära henne i säkerhet. Hon var tvungen att lita på honom.

Det tog henne inte lång tid. Ett par sekunder och hennes snabba hjärna kom fram till att hon inte hade något val. Två snabba steg fram och hon nådde upp och lade armarna runt hans hals.

"Jag vet inte hur mycket grepp jag har", varnade hon när han klev bakåt över takkanten.

"Benen runt mig", befallde han.

Han var packad med muskler och ryggsäcken och utrustningen gjorde det väldigt svårt, men så snart han började gå snabbt baklänges nedför fasaden kände Ariana sig förvånansvärt trygg. Han höll ett så jämnt tempo, hans andning var hög men inte ansträngd i hennes öra när hon klamrade sig fast vid honom som en liten apa.

Förbluffande snart var de nere på marken och Jacks arm kom runt henne, stadgade henne, satte henne på fötter och höll kvar tills hon stod stadigt. Han pressade henne varsamt tillbaka mot husväggen och ställde sig själv mellan henne och all möjlig fara.

När hon plötsligt inte längre klamrade sig fast vid hans värme kände Ariana sig väldigt kall, kramade sina värkande armar om sig själv och undrade vad som skulle hända nu. Den andre rangern verkade ha försvunnit, Jack skällde order i com:en, och hon hörde fortfarande explosioner och skottlossning på vad som kändes som förfärligt nära håll.

Varenda instinkt skrek åt henne att hålla för öronen, stänga ögonen och kura ihop sig till en boll.

Ariana kände hur andningen blev snabbare, hjärtat började hamra i bröstet. Huden kröp. *Inte nu, inte nu, jag kan inte få en panikattack nu!* tänkte hon desperat åt sig själv. *Föreställ dig att det är en övning, en av alla Elliot tvingade mig igenom...* men bara tanken på Elliot gjorde allt värre. Elliot hade varit hennes klippa så länge, och att veta att han var borta och att hon aldrig mer skulle kunna vända sig till honom för råd trissade bara upp paniken ytterligare.

Hon fäste blicken på Jacks breda rygg framför sig och började tyst räkna upp alla ben i människokroppen för sig själv, från fötterna och uppåt. Hon hade bara kommit till *tibia, fibula, patella* när ett motorvrål plötsligt hördes och en öppentoppad jeep kom farande runt husknuten, tvärnitade rakt framför dem.

Jack vände sig blixtsnabbt om, lyfte upp Ariana från marken och hoppade bokstavligen ner i jeepens flak med henne i famnen, tryckte ner henne på golvet och täckte henne med sin kropp.

"Vi har inte Hunter!" skrek han till Diaz som körde. Mostyn bredvid stod på passagerarsätet med geväret stadgat mot vindrutans ovankant.

"Vi plockar upp honom vid ytterdörren!" skrek Diaz tillbaka. Jeepen rullade redan igen, krängde när Diaz körde rakt över noggrant skötta rabatter innan han åter tvärnitade.

Hunter tog sig smidigt upp i baksätet, klev på Jacks ben innan han såg honom. "Förlåt, sir!" skrek han, hukade sig bredvid och vände sig bakåt, stadgade kulsprutan mot jeepens baklucka.

Jack bemödade sig inte ens att svara. Genom NVG:erna kunde han se att Ari låg helt stilla under honom. Hennes läppar rörde sig, men han hörde inget.

Ber hon? undrade han. *Några ord i den Allsmäktiges öra skulle verkligen inte skada just nu!*

Jeepen dundrade iväg igen, motorn tjöt i protest när Diaz pressade gaspedalen i botten och körde fordonet till sin yttersta gräns. Hunter och Mostyn sköt gång på gång, men eldstriden varade bara några sekunder innan de plötsligt var borta från huset och susade fram längs en mörk djungelstig.

Hunter knackade Jack i ryggen för att signalera att allt var klart. Jack sköt upp sig och vred sig för att sätta sig på jeepens golv. Att ta en av sidobänkarna vore ett säkert recept på katastrof i den här farten på de här guppiga stigarna, så han bara pressade ryggen mot förarutrymmets bakvägg och drog upp Ari bredvid sig. Hon for hårt i guppen, oskyddad som han var av ryggsäcken på ryggen, så han lyfte henne över sina lår så att hon satt i v-formen mellan dem, med ryggen mot hans bröst. Han kunde prata med henne lättare så, munnen precis vid hennes öra.

Det var vad han sa till sig själv i alla fall, även om han såg Hunter titta bak och flina. Jack ignorerade noggrant sin tvåas min.

"Alpha Lead, alla Alpha, några skador?" kollade han först.

Alla hans män nekade till skador. Jack var egentligen inte förvånad, trots antalet *sicarios* de mött. Beväpnade, utrustade och tränade så utmärkt som de var, hade Rangers behövt ha ren otur för att ta förluster mot sådant motstånd, inte med överraskningsmomentet. *El Lobo* och hans män hade blivit totalt utklassade.

Ariana var därför hans enda bekymmer för stunden. Det var svårt att avgöra i jeepens hoppiga, ryckiga färd, men han var ganska säker på att hon skakade. *Hon är i chock,* tänkte han, och försökte sluta sig runt henne för att värma henne.

"Ari", sade han högt i hennes öra. "Ari, kan ni höra mig?"

Hon nickade ryckigt mot hans bröst.

"Jag ska få ut er härifrån. Er far väntar på er. Vi hoppades ta helikoptern, men vi har en reservplan."

Klart att han hade en reservplan, tänkte Ariana. Jacks stadiga, självsäkra uppsyn fick henne att känna sig mer stabil. Darret avtog, sedan upphörde det helt. Omedvetet pressade hon sig närmare honom, vände huvudet och vilade kinden mot hans bröst.

Kapitel arton

Jack kunde bara förbanna tyst att han inte bara kunde stanna här och hålla om Ariana så här för alltid, hennes mjuka andetag som strök som en skugga mot hans hals. I några korta ögonblick bleknade ljudet från jeepen, de hårda, skumpiga rörelserna, allt bort och hans värld krympte till kvinnan i hans armar, som klamrade sig fast vid honom som om han var hennes livlina.

Men deras reservplan gick inte ut på att följa den här stigen — det enda sättet in eller ut ur *El Lobos* anläggning på landväg — särskilt länge. Risken var för stor att de skulle möta motstånd eller att *El Lobos* män riggade ett bakhåll.

"Snart framme vid brytpunkten", ropade Diaz över motorljudet, "håll i er."

Jack spjärnade med benen och drog Ari hårdare intill sig, lyfte henne lite från jeepens golv. Hon skulle bli betydligt bättre dämpad av hans kropp än av den hårda metallen när Diaz slängde in jeepen i en tvär högersväng, sköt av stigen och igenom djungeln en bit tills undervegetationen blev för tät och de inte kunde komma längre.

”Vad händer?” frågade Ari när jeepens motor dog och de plötsligt omgavs av en tjock, nästan påtaglig tystnad, djungelns djurliv chockat till ögonblicklig tystnad av det öronbedövande dånet när de kom.

”Vi måste lämna fordonet”, sa Jack till henne, samtidigt som de andra tre hoppade ur jeepen. ”Vi kan inte stanna kvar på vägen. För hög risk för bakhåll.” Han hjälpte henne upp, hoppade ner ur jeepen och sträckte upp armarna för att lyfta ner henne, och rynkade pannan åt den opraktiska klänning hon bar. ”Hunter”, han vred på huvudet.

”Ja, sir?”

”Jag behöver ditt ombyte. Ni är närmast Ms Monterros storlek.”

Hunter började rota i sin packning, och några sekunder senare räckte han över ett hoprullat par djungelkamobyxor, ett par strumpor och en skjorta.

”Vänd er om”, beordrade Jack, och alla fyra män gjorde det genast, höjde sina vapen mot axeln och spanade ut i djungeln, som för att slå tillbaka en attack.

Rörd, men utan att slösa tid, slet Ariana av sig den avskydda klänningen och drog på sig byxorna och skjortan, ignorerade smärtan i handlederna till förmån för hastighet. Hon var kanske ingen soldat, men det var ändå uppenbart att de behövde röra sig så fort som möjligt om de skulle undvika *El Lobo* och hans män.

Jack hade helt rätt i att Hunter var närmast hennes storlek, men eftersom soldaten fortfarande var betydligt bredare och åtminstone tio centimeter längre än hon, var kläderna enorma på henne. Hon gjorde sitt bästa, vek upp byxbenen och skjortärmarna och tog på sig skorna igen.

”Jag behöver ett bälte”, sa hon. Annars skulle byxorna aldrig sitta kvar.

Jack drog kniven igen, vände sig om och plockade upp den övergivna klänningen. "Vi får se till att den kommer till nytta."

Att se honom skära den i bitar var, upptäckte Ariana, rent kroppsligt tillfredsställande. Hon tog emot tygremsan han räckte henne, trädde den genom hällorna och knöt en knut framtill. Hon såg förmodligen fullkomligt löjlig ut, det var hon väl medveten om, men hon var betydligt bättre rustad för en vandring genom djungeln nu än fem minuter tidigare. Särskilt när Jack räckte henne ett extra par nattvisionsglasögon och hjälpte henne att justera dem så de passade hennes huvud.

"Har du använt sådana här förut?" frågade han lågt.

"Nej." Världen såg konstig ut, grön och ljus, men hon kunde se mycket bättre nu. Nattvisionsglasögonen var *tunga*; det hade hon inte väntat sig. De var ingenting jämfört med vikten hon visste att männen bar, så hon höll huvudet högt och klagade inte.

"Vart ska vi?" frågade hon. "Eller, minst lika viktigt, var är vi? Är det här ens Guàlize?"

Jack log; hon kunde urskilja mer av hans ansiktsdrag nu. "Ja, vi är fortfarande i Guàlize; ungefär trettio miles nordost om Tiaxana."

"Jaha."

Det var faktiskt inte så bra. Tiaxana var en av de städer i Guàlize där staten hade minst inflytande, och trettio miles nordost om Tiaxana placerade dem farligt nära den venezuelanska gränsen. Ariana gick igenom geografin i huvudet och gjorde en grimas. De kunde inte riskera en gränspassage. Det här var ett mycket otryggt, laglöst område på båda sidor om gränsen, trots kraftfulla insatser från båda ländernas regeringar.

”Men ni har en plan?”

”Självklart. Vi delar upp oss för att förvilla alla som spårar oss. Vi har alla fyra olika sekundära upphämtningspunkter; dem förhandsbestämde vi med vår befälhavare hemma i USA om vi misslyckades med den primära flyktplanen med helikoptern. Han kommer att lämna de koordinaterna till din far för att ordna vår hämtning när det är dags.”

”För att undvika att informationen läcker och *El Lobos* män hinner före er”, insåg Ariana.

”Korrekt. Och för att undvika kompromettering om någon av oss blir tillfångatagen vet ingen av oss de andras planerade destinationer.” Han vände sig till de andra tre Rangers och sa lågt: ”Lycka till.”

”Detsamma, sir”, svarade tre nickar innan de var borta, försvann snabbt in i mörkret.

”Tack!” ropade Ariana efter dem, och insåg att hon aldrig ens fått veta deras namn, förutom Hunter. Det var han som vände sig om och gav henne en snabb honnör innan han försvann efter de andra.

”Så”, hon vände blicken tillbaka till Jack, ”jag ska alltså med dig.”

”Det ska du. Vi måste bort från fordonet, men vi stannar snart så jag kan titta på dina handleder.”

”Jag *är* faktiskt läkare”, sa hon, plötsligt lite irriterad på honom.

”Ja, och jag utgår ifrån att det var du som lindade din arm, för den är inte tillräckligt tajt. Läkare eller inte, att banda sina egna handleder går inte att göra ordentligt på egen hand.” En massiv hand slöt sig varsamt om hennes armbåge, och hon fann sig gående, snabbt förd bort från jeepen.

Jack hade lagt vänster hand på Ariana och använde höger för att svinga macheten han plockat ur packningen, högg bara där han måste för att minimera spåren efter dem. Efter ett par minuter drog hon sig lite undan honom, fast besluten att inte vara en börda och sakta ner dem mer än hon ändå skulle.

”Det blir lättare om jag följer efter dig.”

Hon hade rätt, men Jack gillade verkligen inte att ha henne utom synhåll, även om hon skulle vara precis bakom honom. ”Håll dig nära”, sa han efter en kort tvekan. ”På armlängds avstånd. Minsta problem, ropa direkt.”

Ariana nickade som svar och var noga med att hålla sig nära, försökte sätta fötterna där Jack satte sina. Nattvisionsglasögonen störde hennes djupseende, märkte hon snabbt; hon var tvungen att koncentrera sig på exakt var hon satte fötterna. Ansträngningen började ta ut sin rätt och snart kände hon hur en huvudvärk började bulta bakom ögonen. Hon hade ingen avsikt att klaga, utan traskade envist vidare efter Jack. Inte förrän en spänstig gren slog tillbaka och träffade hennes ömma vänstra handled gav hon ifrån sig ett ljud av protest.

”Är du okej?” Jack vände sig genast om, i tid för att se henne hålla om sin arm.

”Det är lugnt”, sa hon, men det lät betydligt närmare en snyftning än hon hade önskat, och han missade inte smärtan i hennes tonfall.

”Dags för en paus ändå.”

”Jag kan fortsätta...”

”Ari, det är dags att ta en paus. Jag är din huvudansvarige livvakt just nu. Jag är säker på att Elliot har lärt dig det här.”

Bråka aldrig, aldrig med din huvudansvarige livvakt, hade Elliot bankat in i henne. *Det är inte bara ditt liv som står på spel om du gör det.*

"Okej", gav hon med sig tyst.

Jack nickade och vände sig om för att leta efter en bra plats. Han hade inte direkt många alternativ just nu, men de stod åtminstone på hyfsat torr mark, under tät täckning. Efter ett par ögonblick med macheten hade han lagt en bädd av tunna, fjädrande grenar. "Här, sitt här."

Ariana sjönk ner tacksamt, drog upp knäna och vilade hakan mot dem. Jack hukade sig bredvid henne och lirkade av sig packningen.

"Vatten med elektrolyter", sa han kortfattat och höll en fältflaska mot hennes läppar. "Drick upp allt. Hur länge sen åt eller drack du något?"

"Jag drack en flaska vatten och åt några *quesadillas* strax innan ni kom", försäkrade hon. "Jag klarar mig."

"Drick upp det här ändå, och här är en proteinbar. Du kommer att behöva din styrka." Han tryckte den inpackade baren i hennes händer.

"Hur långt måste vi gå?" frågade hon, medan hon försiktigt öppnade baren och tog en tugga samtidigt som han började rota i sin packning.

"Cirka sex miles."

Hon gjorde en min, och visste som han visste att sex miles till fots i djungeln skulle ta många långa, svåra timmar att tillryggalägga. Han hade helt rätt i att hon behövde sin energi. Hon tog en tugga av proteinbaren, tuggade långsamt och sippade på vattnet med elektrolyter.

Jack hittade sjukvårdskitet och slog sig ner bredvid Ariana, öppnade kitet i knät och tog fram en binda. Han drog av sig handskarna och bad: "Kan jag få din vänstra hand, tack?"

Hon lydde, svalde tuggan av proteinbar och sa: "Jag försökte knivhugga *El Lobo*. Han slog mig över handleden med pistolen; jag tror att jag kan ha en fraktur. Det är en väldigt lokal, men huggande smärta."

Jack svor lågt och kände med varsamma fingrar. Hon väste när han hittade stället.

"Jag måste känna ordentligt", sa han urskuldande.

"Jag vet. Kör på." Hon bet ihop.

"Ingen faktisk spricka och ingen knöl på benet", sa han efter några plågsamma sekunder. "Om det finns en fraktur är den hårfin; du behöver röntgen för att ställa diagnos."

"Har du en maskin i den där gigantiska ryggsäcken?"

Det fick honom att skratta till. "Tyvärr inte. Det bästa vi kan göra är att immobilisera."

"Förutom att jag kan behöva använda den, så nej tack. Bara linda den hårt."

Han tvekade. "Jag har inga smärtstillande förutom morfin..."

"Absolut inte. Bara linda den, Jack."

Hon skulle ha ont, och det fanns absolut ingenting han kunde göra åt det. Med sammanbitna tänder började Jack linda hennes handled stadigt, arbetade från handen hela vägen upp till armbågen och sedan ner igen. Ari tittade tyst på medan hon tuggade på sin proteinbar, så han fick utgå från att han gjorde jobbet till hennes belåtenhet.

"Den andra handleden?" frågade han när han var klar.

"Den är blåslagen, kanske en lätt stukning. Han vred upp min arm bakom ryggen för att tvinga mig att stå still när fotot togs."

En het, vass kil av raseri stack Jack i magen och fick läpparna att dra sig i ett morrande. Han tvingade sig att hålla rösten stadig när han förflyttade sig till Arianas andra sida och tog hennes högra hand i sin för att börja linda upp bandaget.

"Gör det ont i armbågen eller axeln?"

"Nej. Han drog den inte så högt, det var bara ett krossgrepp om handleden. Jag — jag kunde känna hur benen skavde mot varandra." Ariana började plötsligt skaka. "Han var så stark. Jag kunde inte komma loss." Hennes röst darrade.

Det fanns ingen chans i världen att Jack kunde låta det passera utan att trösta henne. Han placerade försiktigt hennes hand i knät så att han inte skulle stöta till den, lade armen om henne, drog henne mjukt intill sig och tryckte hennes ansikte mot den varma skåran vid hans hals.

"Du är trygg nu, Ari, jag lovar. Ingen ska skada dig, och om jag någonsin får syn på den där jäveln så dödar jag honom."

Han lät både dödligt allvarlig och våldsamt beskyddande. Rysande tillät Ariana sig lyxen att bli hållen i den tröstande famnen i en minut eller två innan hon motvilligt drog sig undan.

"Gör klart bandaget, snälla, Jack", hon höll upp armen mot honom igen. "Vi måste röra på oss."

Hon var modig som bara den; hans hjärta svällde på nytt av kärlek till henne.

"Jag ska få ut dig ur det här", sa han, med lugn och jämn försäkran i rösten medan han började linda hennes handled hårt. "Jag ska få dig tryggt tillbaka till din far. Kosta vad det kosta vill."

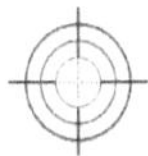

Att gå genom djungeln på natten var utmattande och väldigt skrämmande, även med nattvisionsglasögon. Ganska snart hade Ariana en bultande huvudvärk och värk i varenda lem, inte bara i de skadade armarna, men hon höll sig envist på Jacks hälar, fast besluten att inte vara ett hinder.

Tyvärr var skorna hon bar, även om de var bättre än de vedervärdiga stilettklackar Den Svarta Vargen ville att hon skulle ha, inte riktigt lämpade för en djungelvandring, till skillnad från Jacks tunga stridskängor. Inte ens när hon försökte gå i hans fotspår hjälpte det i längden, för till slut fastnade hennes tå under en tjock djungelranka och hon snavade, störtade handlöst i marken med ett smärtvrål när hon instinktivt slängde ut armarna för att ta emot sig.

”Ari!” Jack var vid hennes sida på ett ögonblick och hjälpte henne upp på fötter. ”Lugnt. Lugnt. Skadade du armarna?”

Det bultade dovt uppför båda armarna och hennes huvud bankade av smärta. Hon kämpade så hårt för att kväva snyftningarna att hon inte fick fram ett ord.

”Okej. Dags att vila.” Hon hade nått sin gräns, insåg Jack, och han svor tyst över den hårdnackade självständighet som hindrat henne från att säga till att han pressade henne för hårt. De var på en dålig plats just nu, tjock lera under fötterna när de tog sig genom en sumpig, grund dalgång mellan låga kullar. ”Kan du stå bara en liten stund?”

Det kunde hon, lutade sig mot honom medan han plockade upp macheten han tappat och stack tillbaka den i fodralet. "Jag bär dig. Vi ska förhoppningsvis inte så långt, men jag kan behöva be dig stå upp igen en gång eller två."

Knappast i stånd att hålla ihop sig själv, nickade Ari. "Kan jag ta av glasögonen, snälla?" fick hon fram svagt. "De är tunga…"

"Jag tar dem." Han tog försiktigt av dem, och svor återigen åt sig själv för att han inte mindes hur jobbiga NVG kan vara när man inte är van. Han stoppade ner dem i sin packning. "Gryningen är inte långt borta ändå", sa han lugnande och lyfte upp Ari i sin famn. "Jag ska hitta ett bra ställe och så slår vi oss ner och vilar i några timmar innan vi måste vidare."

Allt hon kunde göra var att hålla sig så stilla som möjligt för att underlätta för honom, ställa sig upp ett par gånger när han måste röja större utrymme för att de skulle kunna ta sig fram. Den bultande smärtan i armarna gjorde att hon inte ens kunde hålla fast i honom för att hjälpa till. Jack verkade inte ha några problem med det, höll henne stadigt och trängde envist vidare.

Till slut sa han: "Det här får duga. Det är torrt i alla fall."

Ari var så trött att hon bara lutade sig mot ett träd och såg på när han åter skar grenar och snabbt vävde ihop dem till en tunn matta. Det tog henne några ögonblick att inse att hon *kunde* se honom; ett tunt grått ljus började sila genom träden, förkunnade gryningen och lyste upp hans kraftfulla gestalt där han arbetade.

"Det är dagsljus", sa hon tonlöst.

Han tog av sina nattvisionsglasögon och tittade upp. "Snart. Det är lugnt. Vi kan få några timmars vila innan vi går vidare."

När hon såg honom röra sig, effektivt binda ihop tre späda stammar och lägga lövverk över de lutande stammarna för att göra ett skydd, var det som om tiden föll bort för Ariana. Hon hade aldrig sett honom så här, hade bara sett honom i fältuniform en enda gång, när han räddade henne från kidnapparna som dödade hennes mor. Efter det bar han alltid paraduniform eller kostym och slips, och även om det klädde honom mycket väl med hans längd och breda axlar, såg han fullkomligt i sitt esse ut just nu, ansiktet randigt av kamouflagefärg, byggande ett skydd i djungeln för att hon skulle få vila.

Det skulle inte bli bekvämt, var allt Jack kunde tänka. Hon såg utmattad ut, blåslagen... nästan vilken ställning som helst skulle vara smärtsam att ligga i för henne utom platt på rygg, och det såg han inte hur det skulle funka i det lilla utrymme han fått till. Han såg sig omkring och blicken föll på packningen. Han kunde låta henne luta mot den, ett tag.

”Här”, han räckte handen mot henne, och hon kom långsamt, gick med överdriven försiktighet som om hon var rädd att falla när som helst. Försiktigt sänkte han henne ner att sitta mot packningen. ”Somna inte riktigt än. Du måste äta först.”

Hon suckade, men nickade, och han sträckte sig efter stridsransonerna han lagt åt sidan. ”Det kommer inte att smaka särskilt gott. Jag kan inte riskera en eld för att värma den.”

”Bryr mig inte.”

Hennes ögonlock sjönk, så han skyndade sig, rev upp MRE:n. "Få i dig den här så finns det en liten bit choklad efteråt", mutade han, placerade klämpåsen i hennes händer och visade att hon skulle suga från plastpipen.

Ariana log trött. "Du vet att jag skulle kunna döda för choklad", hon smakade på MRE:n och gjorde en grimas.

"Jag minns", sa Jack lågt.

Gyllenbruna ögon lyftes mot hans.

"Ät", sa han till slut och vände bort blicken, oförmögen att möta hennes, och sträckte sig efter sin egen ration.

Hon lydde, hennes trötta sinne oförmöget att förstå varför han mindes så mycket om henne. De hade tillbringat en vecka tillsammans för sex år sedan, en vecka då hon klängt fast vid honom i skräck, bara en rädd ung flicka som präglade sig på mannen som burit henne ut ur en fruktansvärd situation. Ja, de hade tillbringat en himmelsk natt i varandras armar, men efter det åkte han, och hon hade inte sett honom sedan dess.

"Här", sa Jack lågt, och hon såg upp och insåg att hon lyckats få i sig MRE:n, och att han höll fram två små inslagna chokladrutor till henne.

Han har gett mig sin egen bit, tänkte hon vagt, men herregud, det var choklad, och hon var definitivt inte för stolt för att ta emot den.

"Tack", mumlade hon och sträckte sig efter dem, men hennes armar gjorde helvetes ont och hon fick inte fingrarna att fungera för att öppna pappret. Jack tog dem tyst tillbaka, skalade av omslaget på den första och höll den mot hennes läppar.

Det där var ett misstag, insåg han direkt, *jag borde ha lagt tillbaka den i hennes hand...* stora ögon såg upp på honom, hennes mjuka läppar snuddade vid hans fingertoppar när hon tog godbiten, och Jack blev plötsligt hård för henne, bultande och smärtsamt, trots sin egen trötta kropp.

Han drog ett djupt andetag, skalade av pappret på den andra biten och höll den åter mot hennes läppar, mycket väl medveten om att han lekte med elden, men oförmögen att låta bli.

Hon viskade hans namn den här gången precis innan hon tog chokladen från hans fingrar, och hans fria hand lyftes för att varsamt röra vid hennes trassliga hår. Ariana lutade sig in i beröringen, ögonen föll igen, långa sotiga fransar som lade sig mot hennes smutsiga kinder. Även med smuts och lite av hans feta kamouflagefärg utsmetat över hennes ansikte där hon tryckt det mot hans hals tidigare, tyckte Jack fortfarande att hon var den vackraste kvinna han någonsin skådat.

”Vi måste vila”, sa han till slut, hes röst som bröt den elektriska tystnaden mellan dem.

Ariana nickade, men hon förmådde inte ens öppna ögonen. Jack strök fortfarande mjukt över hennes hår och det var så skönt, hon kände sig så *trygg* så nära honom. Hon hörde honom sucka, och sedan rörde han sig runt henne, lade geväret och macheten nära till hands där han kunde nå dem, slog sig ner tätt intill henne innan starka armar slöt sig om henne och lyfte upp henne i hans knä.

”Luta dig mot mig”, sa Jack strävt. ”Packningen är för hård och knölig.”

Jack själv var hård av muskler och bar klumpigt kroppsskydd som knappast gjorde den mjukaste säng, men han var ljuvligt varm, värmen från hans kropp mot hennes rygg lugnade när hans armar slöt sig mjukt runt henne. Han lyfte hennes ömma handleder och placerade dem försiktigt över hennes kropp innan han lade sina stora, varma händer över hennes egna.

Hennes huvud föll nästan genast åt sidan mot hans bröst, hela kroppen blev slapp när medvetandet gled bort. Jack däremot satt och stirrade ut i den långsamt ljusnande djungeln, så långt från sömn man kunde komma.

Ingenting har förändrats. Sex år, och ingenting har förändrats.

En blick på Ariana och han var förlorad. Som nittonåring hade hon fortfarande varit en flicka, frisk och ljuvlig när hon slog ut i kvinnlighet. Som tjugofemåring var hon en kvinna i sin fulla blom, så vacker att hon fick vilken man som helst att vända sig om, men det hade aldrig bara varit hennes skönhet som drog Jack. Hennes mod, hennes beslutsamhet och inre styrka fanns där redan när hon försökte hålla ihop sig genom tragedin med moderns mord, men idag hade han sett hur okuvlig hon verkligen var. Jack hade känt soldater som inte klarat av vandringen Ariana gjort i natt, inte skadade och i olämpliga skor och illa sittande kläder.

Han hade halvvägs trott att Ariana kanske inte ens skulle minnas honom, men hennes chockade andetag av hans namn hade gjort slut på den tanken. Sättet hon hade krupit tryggt intill honom i jeepen, hur hon just lutat sig

in i hans beröring, gjorde det omöjligt för honom att bara
gå därifrån den här gången.

Om han nu kunde få henne levande tillbaka till Guàlize
City.

Kapitel nitton

Ariana blinkade sig vaken av Jacks låga röst som kallade hennes namn. Ögonlocken kändes grusiga av sömn; det krävdes en enorm ansträngning att få dem att skiljas åt. Långsamt trädde djungeln omkring henne i fokus, och samtidigt kom smärtan i armarna tillbaka med full kraft.

"Åh Gud, det var inte bara alla mardrömmars moder", kraxade hon. Något snuddade lätt vid hennes tinning — hade Jack just låtit en kyss falla där?

"Förlåt", sa han tyst. "Jag önskar att jag kunde säga att det var det."

"Att du är här är ungefär den enda ljuspunkten i allt det här", sa hon ärligt, alla filter borta av utmattning och smärta. Jack stelnade lite, sedan suckade han.

"Jag är här, Ari. Jag kommer alltid att vara här om du behöver mig." Försiktigt skiftade han, lyfte henne ur sitt knä. "Jag chansar på en liten eld, gör en varm dryck."

Hon låg slak mot hans ryggsäck och såg hur han effektivt grävde en liten grop kantad med stenar, byggde en pytteliten brasa av torra pinnar och tände den med en tändare från bältväskan.

”Kaffet är hemskt”, sa Jack, uppenbart medveten om att hon tittade på, ”men koffeinet sparkar som en mula.”

”Låter bra”, sa Ariana utan omsvep. Hon hade inga planer på att klaga över hur usel hon kände sig; hon anade att han visste det ändå.

”Jag har bara en mugg...”

”Det kunde verkligen inte intressera mig mindre. Ge hit.” Kaffet luktade till och med illa, och Jack hade rätt, det smakade hemskt. Hon grimaserade när hon smuttade. ”Kunde du inte ens köpa drickbart snabbkaffe?”

”Det *är* faktiskt drickbart snabbkaffe. Det är reningstabletterna jag var tvungen att slänga i vattnet som får det att smaka så illa.” Jack sysslade med att förbereda maten medan hon drack. ”Åtminstone kan vi äta varm mat nu.”

”Är du inte orolig att röken blir upptäckt?” Ari tittade upp, mot den tunna röken som ringlade upp mot trädens krona högt ovanför dem.

”Inte direkt, nej. Det är en het dag, djungeln avger massor av ånga. Vi skulle vara i betydligt större fara att bli upptäckta på natten.”

Hon nickade förstående och tog emot påsen med mat han räckte henne. ”Och det här är...?”

”Ärligt talat, bry dig inte om smaken. Allt smakar illa, men det är lite bättre varmt än kallt.” Jack blixtrade till med ett oväntat brett leende, vita tänder blixtrade i det smutsiga ansiktet. ”Jag har mer choklad till efteråt”, han viftade med de små paketen åt hennes håll.

”Mutor tar dig överallt när du använder choklad som morot”, Ariana var tvungen att skratta åt hans glädjestrålande grin. ”Ugh, till och med få mig att äta det här”, hon höll nästan på att sätta i halsen av första tuggan. "Herregud. Var jag bara för utmattad för att märka hur hemskt det var i går kväll?"

"Troligen." Jacks leende var snett. "Det var kallt då också."

"Det vore värre, ja." Hon tvingade i sig allt ändå, sköljde ner med klunkar av det bittra kaffet och var nära att rycka av Jack fingrarna när hon snodde åt sig chokladen han räckte fram. Han skrattade tyst åt hennes iver medan han sparkade jord över elden och samlade ihop förpackningarna från deras mat, stoppade dem noggrant i ryggsäcken.

"Jag går bara och hämtar mer vatten. Det finns ett litet vattendrag vi korsade ungefär hundra yard åt det hållet." Han pekade. "Stanna här?"

"Självklart." Hon var verkligen inte dum nog att vandra iväg ensam i djungeln. Fast när han försvunnit ur sikte reste hon sig och gick bakom ett träd för att lätta på trycket.

När Jack kom tillbaka fann han Ariana sittande på hans packning, kammade ut trassligt hår med fingrarna, pillade ut små bladrester och kvistar med en beklämd min medan hon långsamt arbetade sig igenom massan. När hon såg honom frågade hon:

"Du råkar inte ha något jag kan sätta upp håret med? Jag tror att jag slet loss några tussar när det fastnade i trädgrenar i natt."

"Visst", han rotade i en sidoficka på ryggsäcken, drog fram lite paracord och skar av en bit åt henne med kniven.

"Tack!" Hon drog håret över axeln och samlade det i en svans, grimaserade när de ömma handlederna protesterade mot rörelsen. Med sammanbitna tänder ignorerade hon smärtan, flätade snabbt håret innan hon knöt fast snöret runt änden.

Jacks fingrar snuddade lätt vid hennes kind och hon såg frågande upp på honom. ”Vad är det?”

”Här, där han klippte det”, han snärtade lätt till kortare testar över hennes öra. ”Det går inte ner i flätan.”

Det låg något mordiskt begravt i hans uttryck som fick henne att säga: ”Det är bara hår, Jack. Det växer ut igen.”

”Jag ska ändå jaga rätt på honom och döda honom för att han la ett jävla finger på dig.” Rösten var helt lugn och stadig, uttrycket oförändrat. Orden, ett enkelt konstaterande. ”Men först tar vi oss härifrån. Din pappa väntar.”

”Okej.” Hon reste sig, tryckte tillbaka stönen som hotade slippa ut när ömma muskler protesterade, och log tappert mot Jack. ”Så vart är vi på väg?”

”Sjön. Maracaibosjön”, när hon rynkade pannan i oförståelse. ”Vi är inte långt från den södra spetsen. Vi håller oss på rätt sida gränsen, men det finns regelbundna kustbevakningspatruller. Även om vi missar vår planerade upphämtning kommer det att ordna sig.”

Hon önskade att hon kunde dela hans tillförsikt, men när han svingade upp ryggsäcken och gav sig av genom djungeln igen sträckte Ariana på ryggen och följde i hans stora fotspår. Jack skulle få henne ur det här, det måste hon tro. Förr eller senare.

De vadade över ännu ett grunt vattendrag — marken blev lägre och sankigare ju närmare sjön de kom, vilket gjorde framkomligheten ännu svårare — när Jack ryckte till och tittade upp skarpt.

”Vad är det?” frågade Ariana, och hörde sedan ljudet själv. ”Är det...”

”En helikopter. Kom hit.” Han drog henne intill stammen på ett stort träd. ”Sätt dig på huk, håll om knäna. Kryp ihop.” Han visade, alldeles nära, och hon nickade och lydde.

”Varför?” frågade hon när ljudet av rotorbladen blev högre; närmare.

”Om de har infraröd — och det är inte mycket vits att försöka leta efter oss i djungeln om de inte har det — så är operatören tränad att urskilja mänskliga former. Ihopkrupna så här ser vi inte mänskliga ut, mer som vildsvin.”

Hon nickade förstående. ”Om de använder infrarött för att leta efter oss, betyder det att *El Lobo* har lokalpolisen i sin ficka.”

Jack gav henne en cynisk blick innan han återgick till att spana upp genom träden. ”Trodde du verkligen att han inte skulle ha det?”

”Jag hoppades”, sa hon, lite sorgset.

”Din pappa och hans vän presidenten har gjort så mycket, Ariana”, sa Jack mjukt när han såg hennes nedslagna min. ”Men det går inte att göra allt på en gång. De har bara försökt städa upp i kanske ett decennium; innan dess slogs de underifrån mot systemet, det var för svårt. Tio år är långt ifrån tillräckligt för att rensa ut varenda korrupt byråkrat — och även hederliga människor samarbetar när deras nära och kära hotas.”

”Det är sant”, medgav hon.

Ljudet av rotorbladen hade passerat över dem, även om Jack fortfarande hörde dem i fjärran. Han var ganska säker på att jägarna sökte i ett rutmönster, vilket betydde att han och Ariana när som helst kunde korsa gränsen in i nästa ruta i deras sökgrid.

”Kom. Vi måste röra på oss. Under den heta dagen är det mycket svårare att urskilja detaljer”, förklarade han medan han och Ariana mödosamt tog sig vidare genom den täta undervegetationen. ”På natten är en mänsklig silhuett mycket tydligare, lätt att plocka ut även om vi hukar så fort vi hör dem komma.”

”Så vi måste nå sjön före skymningen?” frågade Ariana.

”Vår upphämtning är planerad till ungefär en timme före solnedgången, lokal tid. De gör ett nytt svep ungefär tre timmar senare. Efter det är vi ensamma.”

Det var en mycket skrämmande tanke, även om hon litade fullt på Jack; tanken på att behöva försöka ropa in en patrullbåt utan att ha en aning om ifall männen ombord var lojala mot regeringen eller köpta av *El Lobos* smutsiga pengar. Ariana svalde och nickade.

”Hur långt har vi kvar?”

”Lite mer än tre kilometer.”

Hon grimaserade. Tre kilometer sankig djungel kunde lika gärna vara trettio på plan, öppen mark. Det skulle bli en lång, hård dag, och hon värkte redan i varenda muskel. ”Då är det väl bara att sätta fart”, sa hon tappert.

”Duktig tjej”, sa Jack, och det fanns ingen nedlåtenhet i hans uttryck när han kastade en blick över axeln, bara beundran för hennes mod. Ariana gav honom en beslutsam nick.

De hörde helikoptern komma nära igen lite drygt en timme senare; den här gången sa Jack åt Ari att krypa ihop där hon var medan han rörde sig en bit bort, så att de inte alltid skulle dyka upp precis intill varandra.

Det var mycket mer skrämmande att hukande sitta ensam i djungeln, lyssna på rotorerna som kom närmare och närmare tills trädkronan ovanför henne skakade av luftdraget från bladen. Ari stack in huvudet mellan knäna och försökte andas lugnt.

"Det är lugnt. De kommer att dra härifrån", sa hon till sig själv. Hon kände hur hjärtat började hamra i bröstet igen. *Nej. Inga panikattacker nu.*

"Falanger. Mellanfotsbenen. Kilstensben, båtbenet, tärningsbenet, språngbenet, hälbenet, vadbenet, skenben et..." de välbekanta namnen gjorde henne stadig, lugnade henne. "Knäskålen, lårbenet..."

"Ari", en mild hand vidrörde hennes rygg. "Ari, det är säkert. De är borta."

Jacks hjärta gick sönder för Ariana när hon lyfte huvudet långsamt. Han hade hört henne mumla för sig själv, men kunde inte urskilja vad hon sa förrän han huksatt sig alldeles bredvid henne. Den stadiga litanian var uppenbart en metod hon använde för att hålla en panikattack stången; den jämna rytmen i hennes röst sa honom att hon lyckades, men de hade inte tid att låta henne fullfölja sin lilla ritual.

"Är de borta?" frågade hon och såg upp på honom där han knäade i jorden vid hennes sida.

"Ja. Men vi måste röra på oss. De intensifierar sökandet. Vi måste snabbt till sjön så att jag kan reka och försäkra mig om att vår uttagsplats inte är komprometterad redan innan upphämtningen kommer."

”Okej.” Hon rätade på sig, drog ett djupt andetag och följde honom in i djungeln igen. Efter några minuter hörde han dock hennes mjuka röst och vände sig om för att se om hon talade till honom.

Ariana stelnade mitt i ordet *metacarpals*. ”Förlåt. Jag bara...”

”Det är lugnt”, sa Jack. ”Jag trodde du pratade med mig. Fortsätt.”

Han förstod vad hon gjorde, så klart. ”Jag började när jag pluggade pre-med”, förklarade hon snabbt medan de rörde sig igen. ”Efter — inte långt efter sista gången jag såg dig. Jag brukade få panikattacker, regelbundet. Jag gick till en psykolog; han verkade vilja att jag skulle be, men jag kunde inte; inte efter mamma. Jag bad för mycket när vi var gisslan, och Gud svarade mig inte.”

Jack ryckte till, men sa inget. Ariana ville berätta, så han lyssnade medan hon fortsatte.

”Så jag började använda människokroppens ben som ett koncentrationsmantra. Jag var ändå tvungen att lära mig dem till tentorna; det var det ingen som reagerade på att jag gick omkring och mumlade dem för mig själv. Efter ett tag försvann panikattackerna.”

”De försvinner aldrig riktigt”, sa Jack kort. ”Man lär sig bara hantera dem.”

”Du?” Ariana lät förbluffad.

”Ja”, han kastade en blick bakåt och såg henne se på honom med intresse. Han förde upp handen och fingrade på det tunna vita ärret som böjde sig från underläppen, ner genom två dagars skäggstubb, vidare ner på halsen. ”Jag har aldrig berättat hur jag fick det här, va?”

Hon skakade på huvudet, fascinerad.

"Vägmina i Afghanistan. Fordonet jag satt i slog runt. Översten, kapten Cullane som han var då, körde i transporten bakom, med Elliot. De lämnade båda sitt fordon för att komma och dra ut oss. Riskerade livet, för alla visste att vägbomber var fällor. Det fanns alltid prickskyttar där redo att ta vem som helst som rörde sig."

"Åh nej", chockad förde hon handen till munnen. "Sköt de mot er?"

"Japp. Jag var knappt vid medvetande, förblödde, och jag var ändå den enda som var vid liv i mitt fordon. Elliot och kapten Cullane drog ut mig och bar mig till deras transport. En prickskytt fick in en träff på kaptenen när de lastade in mig. Kulan gick rakt genom benet. Elliot tog ratten och körde oss därifrån i full fart." Jack log lite när han mindes hur han vaknade på fältsjukhuset och fann Elliot sittande med fötterna uppe på fotändan av Jacks säng, läsande en bok.

"Jag kommer sakna honom så mycket", sa Ariana tyst.

"Jag också", svarade Jack, och slöt ögonen i en kort, svidande återhållen smärta.

"Är Mara okej?"

"Nej."

"Så klart hon inte är det, vilken jävla dum fråga", skällde Ariana på sig själv. "Hur ska jag någonsin kunna möta henne?"

"Inget av det här var ditt fel, Ari." Han kravlade över ett massivt virrvarr av trärötter, vände sig om för att hjälpa henne över, grep henne om armbågen i stället för att ta hennes hand, alltid omtänksam om hennes ömma handleder. "Svarta Vargen betalade för Elliots mord, rent ut sagt, köpte hans död med kalla hårda kontanter. Du kan inte skuldbelägga dig själv för det."

"Betalade för det för att han vaktade *mig*!"

"Och om han inte hade gjort det kanske Ell inte hade överlevt så här länge. Officeren som tog över hans kompani dödades av en självmordsbombare i Afghanistan för två år sedan." Jack ryckte på axlarna.

"Det är..." Ariana kunde inte förstå att leva så. "*Varför? Varför gör man det? Du hade chansen att sluta för sex år sedan, jag vet att du hade det, du och Elliot hade båda kunnat kliva av...*"

"Min pappa var Ranger", sa Jack. "Underbefäl — sergeant. Att gå i hans fotspår var det enda jag någonsin ville göra som barn, men han lät mig inte ta värvning vid arton, tvingade mig att ta mig igenom college först."

Hon hade alltid vetat att han måste ha en collegeutbild- ning, att han inte skulle vara officer annars, men det hade aldrig fallit henne in att fråga vad han läst. Det gjorde hon nu, nyfiket.

"Jag läste faktiskt kriminologi", svarade Jack med ett lågt skratt. "Tänkte att om Rangers inte ville ha mig kunde jag försöka militärpolisen."

Ariana log åt det. "Du skulle vara en utmärkt polis, militär eller inte. Brottslingar skulle vara alldeles för rädda för dig för att bråka", skämtade hon.

"Om det ändå vore så!"

Ljudet av helikoptern som återvände fick Jack att svära och trycka ner Ari under ett stort träd. Han hade inte tid att röra sig bort, så han hukade tätt intill henne, trängde henne mot stammen, försökte göra dem till en enda stor obestämd värmekälla.

Ari märkte att hon andades snabbt när Jack pressade sig mot henne, lade en lång arm runt henne och stack in hennes huvud under sin haka. Han var varm, svettig; förmodligen mindre än hon, faktiskt, vilket var förvånande med tanke på att det var han som släpade runt på en enorm packning, men han luktade inte illa. Tvärtom. Han luktade djungel och en djurisk musk som fick hennes huvud att snurra, fick henne att minnas den heta natten för sex år sedan när han tog hennes oskuld och förstörde henne för alla andra män på samma gång.

"Jack", viskade hon när rotorbladen tonade bort i fjärran.

Han kände hennes läppar röra sig mot hans hals och sa strängt till sig själv att det här absolut inte var läge att titta ner på henne. Men hans viljestyrka svek honom alltid när Ariana var nära, det hade han vetat i åratal. Så han såg ner på hennes smutsiga, trötta ansikte som blickade upp på honom, och gick återigen vilse i hennes ögon.

"Ari", sa Jack hest, och avståndet för deras läppar att mötas var så försvinnande kort. Hans arm var redan runt henne; han drog åt den för att få henne närmare, skiftade för att knäa bredvid henne. Arianas egna armar gled upp runt hans nacke när hon besvarade kyssen, all stress från de senaste dagarna smälte bort tills de båda glömde var de var, glömde sina trötta, värkande kroppar och den högst verkliga fara de fortfarande befann sig i.

Det var inte förrän Arianas ömma handleder protesterade mot att hon klamrade sig hårt fast vid Jack, händerna knutna i hans skjortkrage så att smärtor sköt upp i armarna, som hon grimaserade och drog sig undan. Båda Jacks armar var nu hårt snodda runt henne, höll henne tätt, och när hon lutade huvudet bakåt såg hon att hans ögon var slutna, uttrycket i ansiktet ett rent behov.

Långsamt öppnade Jack ögonen, halvt rädd för vad han skulle se när han mötte Arianas blick. Hon studerade honom tyst, uttrycket omöjligt att läsa.

"Jag är le—" började han säga, men hennes finger nuddade lätt vid hans läppar och tystade honom.

"Våga inte be om ursäkt. Vi pratar om det här när vi är ute ur den här förbannade djungeln. Nu går vi. Ljuset ändrar sig; solnedgången kan inte vara långt borta."

Tillrättavisad över att Ariana måste påminna honom om hans uppgift reste Jack sig, hjälpte henne upp med en stadig hand under armbågen. "Du har rätt." Han kollade sin GPS-klocka, drog fram kartan och följde koordinaterna på den med fingret. "Det kan inte vara långt nu."

"Låt oss hoppas det", höll Ari med trött och släpade sig efter honom. Marken hade varit fruktansvärt sumpig i två timmar; skorna och kläderna var helt genomdränkta och täckta av lera. Det enda bra var att hon inte trodde att vattnet var djupt nog för kajmaner, den lokala krokodilarten. Inte än, i alla fall.

"Häråt", sa Jack och vek av lite längre österut. "Marken borde vara lite torrare här uppe och vi kommer ut på en liten strand. Inte långt kvar nu, Ari. Kom igen. Du fixar det", manade han, när han såg henne kämpa för att dra loss foten ur en lerfläck.

"Åh, helvete!" Foten kom loss med ett tjockt slurpande ljud, men skon gjorde det inte. Ariana var nära att falla, helt ur balans; Jack hann precis fram och fånga henne och lyfta upp henne.

”Jag hämtar din sko. Sitt där”, han plumpade ner henne ganska burdust på en stor omkullfallen trädstam, inte för att Ari hade tänkt protestera. Hon såg på när han gick tillbaka till stället där hon snubblat, kavlade upp ärmarna och stack båda händerna rakt ner i leran.

Fem minuter senare sa hon: ”Jack, vi slösar tid. Jack!”

Han svor länge och väl, reste sig med svart lera droppande från fingrarna. ”Du behöver skon, Ari!”

”Vi behöver stranden mer. Den kan inte vara långt bort, Jack, kom igen. Jag klarar det.” Hon ställde sig upp.

”Ari, dina fötter...”

”Är redan förstörda.” Hon gav honom ett litet leende. Det hade krävt allt hon hade att inte halta under dagen, när blåsor stora som femkronor började poppa upp på hälar och tår. Hon ville inte ens tänka på hur det skulle se ut när hon väl skalade av sig de genomblöta, leriga sockorna. ”Vi måste gå, Jack.”

Han svor igen, torkade sedan av det värsta kletet på byxbenen, drog macheten ur skidan och stegade iväg med ett mordiskt uttryck i ansiktet. Ari kunde inte låta bli att le lite när han tog ut sin ilska och frustration på några stackars djungellianer, högg och svängde dem ur vägen.

”Var bara försiktig var du sätter fötterna”, sa Jack barskt när han röjt en stig. ”Det sista vi behöver är att du kliver på en vass pinne eller något.”

”Eller blir biten av en vattenmockasin”, sa Ariana hjälpsamt. Han kastade henne en blixtrande mörk blick.

”Gör inte så där, Ari, det här är inte kul!”

”Läkare har den mest olämpliga humorn, jag har jobbat på att utveckla min”, sa hon till hans bortvända rygg, suckade, och följde i hans spår.

Kapitel tjugo

De hade bara tagit sig en kort bit till när Jack gav ifrån sig ett triumferande rop. "Jag ser det, det är en öppning i träden! Det måste vara sjön!"

Utmattad lyckades Ari ändå le mot honom när han vände sig om, segervisst flinande. "Du klarade det, Jack. Du fick oss hit."

"Du tog dig hit på dina egna två ben, ge mig inte äran för det. Kom nu, älskling. Det är inte långt kvar." Hon haltade nu, hennes bara fot gjorde uppenbarligen väldigt ont — det var egentligen mer av en stapplande gång. Jack misstänkte att hon hade djävulska blåsor, önskade att han kunde bära henne; men det var rent bokstavligt omöjligt, inte när han måste hantera macheten för att ta sig genom djungeln, och behövde kunna få en hand på pistolen när som helst när de gav sig ut i det öppna.

"Är vi på rätt koordinater?" frågade Ari och hann upp honom. Jack kollade sin klocka.

"Nästan. Mindre än en halv mile bort, men det är ett ganska stort strandområde här, enligt kartan..."

”Inte så mycket”, varnade hon lite avmätt. ”Maracaibos stränder ligger mest på östra sidan, den venezuelanska sidan, och upp mot sjöns mynning. Här blir det stenigt om något.”

”Fortfarande lättare än djungeln, för då kan jag bära dig om jag inte måste använda macheten.” Han högg undan ännu ett tjockt draperi av lianer, och nu kunde Ari också se öppningen i träden, en mycket tydlig lucka, orange ljus lyste starkt framför dem.

”Det där ser misstänkt mycket ut som solnedgång. Du borde gå före, försöka vinka in båten ifall de ger sig av utan oss”, varnade hon.

”Absolut inte.”

Ariana blinkade.

”Om du tror att jag släpper dig ur sikte i mer än fem sekunder så kan du tro om”, sa Jack med lugn, stadig röst. ”Nej, Ari. Jag sa ju att upphämtningen skulle ske en timme *före* solnedgång; vi har troligen redan missat den. De gör ett nytt försök ungefär två timmar efter att det blivit mörkt. Vi väntar.”

Hon suckade trött, men nickade och kämpade vidare.

Solen låg precis på horisonten när de till sist kom ut ur djungelranden till, som Ariana hade förutspått, en stenig strandlinje. Stenarna var släta, vattenpolerade, några av dem tjockt täckta av slemmig grön alg — och hela stället luktade förfärligt, som ruttnande växtlighet och fisk.

”Väst härifrån”, sa Jack och stack in macheten i slidan. ”Kom, jag bär dig...”

”Nej, jag klarar mig”, insisterade Ariana. ”Det här är andmat; det täcker stora delar av sjön. Det är halt när det sköljs upp på stranden så här vid lågvatten. Om du halkar när du bär mig går vi båda i backen.”

Han kunde inte riktigt säga emot; han grimaserade. "Okej. Men håll dig nära, då kan jag fånga dig om du faller."

Hon hade ingen som helst avsikt att gå mer än ett steg från hans sida. Just i den stunden kändes ett enda steg som mer än hon förmådde, men hon sa till sig själv att hon skulle klara det. En fot framför den andra, ett steg i taget.

Jacks starka hand slöt sig om hennes biceps när hon rörde sig framåt. "Vid närmare eftertanke kanske jag bara håller i dig."

"Det passar mig", sa Ariana och kastade en trött blick upp på honom. Den enda skon hon fortfarande bar skulle inte ha i närheten av samma grepp som hans tunga kängor, och hennes lätta vikt gjorde det ännu mer sannolikt att hon skulle halka. Särskilt när hon inte såg sig för; fötterna for undan under henne nästan direkt och hon räddades bara från en hård landning på rumpan av Jacks fasta grepp om hennes arm.

"Oj, det här är ännu halare än jag trodde!"

"Ta det lugnt. Jag sa ju, vi har minst ett par timmar att vänta, men låt oss försöka komma så nära vi kan innan ljuset försvinner helt. Det här blir ännu mer förrädiskt att ta sig över i mörkret."

Det kunde hon inte säga emot, och även om de var tvungna att gå långsamt, och noggrant välja var de satte fötterna, gick det åtminstone lite snabbare än genom djungeln.

"Här någonstans", sa Jack till sist, och hon var väldigt tacksam för det eftersom hon knappt kunde se stenarna under fötterna längre. Han kisade ut över sjön, letade efter en båt, men kunde se lite annat än ljusen från den venezuelanska staden Ciudad Ojeda, över trettio miles bort på sjöns nordöstra strand.

”Väntar vi här?” frågade Ariana tyst.

”Nej”, bestämde Jack. ”Vi går bort från strandlinjen så länge. Kom tillbaka ungefär en kvart innan upphämtningen ska ske.” Han ledde henne tillbaka mot djungelranden. ”Jag vill titta på dina fötter.”

Ari grimaserade vid tanken, men hade inte mycket val, inte med hans fasta grepp om hennes arm. De hamnade sittande på en stor omkullfallen trädstam bara några meter in i den skylande djungeln, och Jack räckte henne en proteinbar innan han drog upp en pennficklampa ur en av sina till synes oändliga fickor.

”Låt mig titta.”

”Måste jag?” frågade hon, men suckade och vred sig åt sidan för att lägga den ena foten i handen han obevekligt höll fram.

Jack var mycket varsam när han drog av hennes strumpa, men han hörde ändå hur Ariana drog efter andan mellan tänderna och förstod att det han skulle hitta inte skulle vara vackert.

”Åh, Ari”, sa han mjukt när han till slut fått bort tyget och lyste med pennlampan på den lilla, fint byggda foten under.

”Det är inte så farligt”, ljög hon käckt.

”Det *är* så farligt, och du kommer att behöva sjukhusvård när vi tar oss härifrån.” Han kunde göra väldigt lite just nu, annat än att varsamt rengöra de vätskande blåsorna med en spritservett och använda ytterligare ett bandage för att linda om foten så gott det gick. Han hade åtminstone ett par rena, torra strumpor i sin packning och kunde ta fram dem åt henne. ”Nu den andra.”

Detta var foten med skon på; snörena var en hopknuten klump av intorkad lera som tog Jack ett par minuter att pilla upp.

Ariana bet ihop när Jack började dra av skon och kämpade för att hålla tillbaka skriet som ville ut. Hon misstänkte att den här skon bara suttit kvar för att den var lite trängre än den som försvunnit, och följaktligen var blåsorna faktiskt värre.

Jack väste av fasa när han till slut fick av strumpan under. "Varför sa du inget tidigare, Ari? Vi hade kunnat stanna och ta hand om det här..."

"Och kanske missat den *andra* upphämtningen? Nej tack", sa hon bestämt. "Vi hade inte tagit oss snabbare fram."

"Men du måste ha haft så ont!" Han stod knappt ut med tanken, att Ariana kämpat vidare genom djungeln i ren och skär plåga, utan att ens säga ett ord. "Du är ingen soldat, Ari, du ska inte behöva uthärda det här..."

"Schh", sa hon och förde ut handen, strök lätt med fingertopparna över hans sträva kind. "Det är okej, Jack. Båten kommer snart och allt blir bra."

I det svaga ljuset från pennlampan såg hon tvekan i hans ansikte. "Vad är det?" frågade hon skarpsinnigt. "Vad tänker du?"

"Jag har två morfinsprutor..."

"Nej." Det var ett mycket bestämt nej. "Nej, Jack. Inte nu. När vi är i säkerhet på båten kan jag överväga det, men inte nu. Jag tänker inte bli en börda för dig." Morfinet kunde hjälpa mot smärtan, men det skulle också göra henne oförmögen att tänka klart, eller hjälpa Jack om han behövde henne.

”Du kan aldrig vara en börda.” Hans stora fingrar slöt sig mjukt om hennes och han gav en lätt tryckning. ”Aldrig.”

Hon log mot honom, och de såg varandra i ögonen i det falnande ljuset ett ögonblick innan Jack synbart ryckte upp sig.

”Sista bandaget”, sa han och tog fram det ur sitt första hjälpen-kit. ”Inga fler skador, okej?”

”Jag ska försöka låta bli”, lovade hon medan hon såg på när han varsamt rengjorde och sedan lindade hennes fot. ”Räck mig bara strumporna. Jag tar inte på den där skon igen.”

”Jag bär dig till båten när den kommer”, lovade Jack, och hon invände inte.

När Jack hade tagit hand om hennes fötter så gott han kunde och varsamt rullat på sina egna extrapar strumpor över bandagen, räckte han Ariana sin vattenflaska. ”Det är bäst att du gör slut på den.”

De hade druckit under hela dagen, och Jack fyllde regelbundet på flaskan när han hittade någorlunda klart vatten och lade i reningstabletter. Ariana hade vant sig vid den lite kemiska smaken nu, drack utan att klaga medan Jack plockade upp förpackningarna från bandagen och servetterna.

”Hur länge till?” frågade hon efter att han satt sig bredvid henne på trädstammen igen och klickat av pennlampan för att spara batteri.

”Ungefär en timme tills vi behöver röra på oss”, sa han och kollade klockan. ”Luta dig mot mig, Ari. Vila lite om du kan. Jag håller vakt.”

Om han trodde att hon skulle tacka nej hade han alldeles fel. Ariana kröp genast nära, grep hans handled och drog hans arm runt sig, lutade huvudet mot hans breda bröst.

Överrumplad stelnade Jack ett ögonblick innan han skrattade tyst och höll henne tätare.

"Du tar mig verkligen på orden, va."

"Det är inte din pistolhand", påpekade hon och slöt ögonen.

Leende böjde sig Jack ner och tryckte en lätt kyss mot hennes panna. "Att du har behållit ditt sinne för humor genom allt det här förvånar mig, Ari."

"Jag sa ju, läkare är kända för en skruvad och morbid humor", svarade hon utan att öppna ögonen. "Jag bara övar."

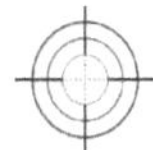

Tystnad föll mellan dem, en mjuk, bekväm sorts tystnad, medan de lyssnade på djungelns ljud runt omkring. Jack slog tankspritt till något som bet honom i nacken; även om han regelbundet smort in dem båda med militärklassat insektsmedel från sitt kit, verkade vissa kryp inte bry sig ett dugg. Ariana rörde sig inte när han flyttade på sig, och han trodde ett ögonblick att hon somnat.

Tills hon frågade: "Varför stack du, Jack?"

Han stelnade som ett rådjur fångat i strålkastarljus. "Du vet varför", svarade han lågt, efter ett spänt, darrande ögonblick då det kändes som om hela världen höll andan. "Du var min skyddsperson — och du var *nitton* och sörjde; känslomässigt sårbar, vilket jag utnyttjade. Om jag hade stannat hade din pappa fått reda på det och han hade sparkat mig ändå."

"Kanske", medgav Ariana.

”Definitivt. Din pappa är en mycket skarpsinnig man.” *Vilket är årets underdrift*, tänkte Jack torrt. ”Han hade haft rätt att sparka mig också. Jag borde aldrig ha lagt ett finger på dig. Det var fullständigt fel och det största misstag jag någonsin gjort.”

Ariana blev helt stel mot honom och han insåg i samma ögonblick vad han hade sagt. Han sparkade sig själv mentalt och förstod att det enda som återstod nu var fullständig och total ärlighet.

”Med det sagt har jag aldrig kunnat få den natten ur huvudet”, sa han, lågt och mjukt. ”Aldrig kunnat få *dig* ur huvudet, och jag *visste* att det skulle bli så, Ari. Om jag hade stannat hade jag äventyrat din säkerhet, för jag hade inte kunnat sköta mitt jobb ordentligt. Och jag hade inte kunnat leva med mig själv om något hade hänt dig.”

Hon sa ingenting, antagligen fortfarande kokande av ilska över hans klumpiga ord, så Jack tvingade sig att fortsätta. ”När Mara ringde och jag hörde att Elliot troligen var död, klarade jag inte ens av tanken på att du också kunde vara borta. Det var bara för mycket för mig att hantera. Jag var tvungen att hålla mig i rörelse, ta ett plan och flyga ner hit, men hela vägen skrek en liten röst längst bak i huvudet att jag skulle hitta min värsta mardröm på den där bergssluttningen.”

Ariana rörde på huvudet; han kände att hon tittade upp på honom i mörkret. ”Så klart att ni alla trodde att jag var död”, sa hon mjukt.

”När jag kom fram hade din pappa och utredarna räknat ut att du och Fuentes var försvunna, och utredarna hittade en tom ampull ketamin. Det tog inte lång tid för dem att dra rätt slutsats. Att räkna ut *var* du förts, och av vem, var den svåra delen.”

”Tomàs jobbade för *El Lobo*. Jag vet inte om han gjorde det hela tiden, men han sa bara att det var för *pengarna*. Han *hatade* mig, Jack”, ryste Ari, och Jack drog åt armen om henne. ”Han hatade mig verkligen. Och han verkade inte bry sig ett dugg om att han hade dödat Elliot och Emma och Jonie och Felipe och piloterna. Han var en *sociopat*, jag har aldrig träffat någon sådan, han brydde sig bara inte.”

Hennes röst stockade sig, och Jack insåg att hon grät. ”Hej nu”, sa han stilla och förde upp den fria handen för att varsamt torka tårarna från hennes kind med tummen. ”Bryt inte ihop nu, Ari. Vi är så nära att ta oss ur det här.”

”Jag är så glad att du kom efter mig”, snyftade hon mot hans axel. ”Jag trodde att du kom för att döda mig när du kom in med en pistol, och när jag fattade att det var du, kom bara en överväldigande lättnad, jag *visste* att du skulle rädda mig...”

”Jag tänker inte låta något hända dig, ängel. Jag lovar”, svor Jack, med full insikt om att han den här gången var inne alldeles för djupt. Den här gången skulle han inte kunna bara gå därifrån och låtsas som att inget hade hänt.

Varsamt lyfte han upp Arianas ansikte mot sitt och kysste henne, långt och långsamt, medan han smakade saltet från hennes tårar på hennes läppar. Hennes hackiga andning lugnade sig medan de kysstes, de små fingrarna kröp ihop i den tunga tygväven av hans uniform när hon klamrade sig fast vid honom.

”Jag älskar dig”, viskade Jack till slut och lät pannan vila mot hennes. ”Jag älskade dig för sex år sedan och jag har aldrig slutat, Ari.”

”Våga inte lämna mig den här gången”, viskade hon tillbaka, och han nickade mot hennes panna.

”Det gör jag inte.”

Det var Ariana som tog initiativ till nästa kyss, hennes mun klängde vid hans och hennes läppar särades för att välkomna hans tungspets. Hon överrumplade honom genom att röra sig, vrida sig runt och svinga knät över hans lår för att sätta sig grensle över honom, vänd mot honom. Han morrade dovt i bröstet när hon gungade retfullt med höfterna, pressade sitt underliv mot den bultande hårdheten i hans fältbyxor.

”Stopp, Ari”, stönade Jack till slut, hest, och drog bak huvudet. ”Det här är varken tiden eller platsen.”

”Vänta bara tills jag får dig ensam med en säng, Jack McAuley, mer har jag inte att säga”, svarade Ariana och fick honom att grina.

”Ja, min dam. Ser fram emot det. Jag hoppas bara att du låter mig duscha av lite av djungelns svett och stank först.”

”Jag ska fundera på saken”, sa hon högdraget och fick honom att le trots hans fortfarande mycket verkliga bekymmer.

Hans klocka pep plötsligt, de båda ryckte till, och Jack suckade. ”Dags att röra på sig. Kom.”

Ariana vägrade låta sig bäras, och Jack drev inte saken. Han höll i hennes arm med ett stadigt grepp i stället medan de satte på sig sina mörkerkikare igen, tog sig varsamt tillbaka till överkanten av stenstranden och stod där och väntade.

”Är det där en båtmotor?” frågade Ariana efter några minuter.

Jack spetsade öronen. ”Det tror jag inte. Det låter inte rätt...” ljudet närmade sig ändå för snabbt. ”Helvete!” Han slängde ner ryggsäcken på stenstranden, vred fram geväret till bröstet och kollade snabbt magasinet. "Ari, det är en helikopter, *spring*!"

"De kan vara här för vår skull..."

Ett knastrande ljud mot strandstenarna fick henne att hoppa till.

"De *är* här för vår skull, de *skjuter* på oss! *Spring*, Ari!" vrålade Jack. "In i träden!"

"Vad ska du göra?" hon grep förtvivlat tag i hans ärm när han tog ett steg framåt.

"Jag ska försöka skjuta ner dem", skrek han över det fruktansvärda dånet av kulspruteeld som skallrade mot stenarna och kom allt närmare. "Nu *STICK!*"

Hon försökte hålla fast honom, men han slet sig ur hennes svaga grepp och rusade ut på stranden, sprang i vinkel mot den inkommande elden innan han föll ner på ett knä, lyfte geväret och stadgade sig.

"Jack!" skrek hon hjälplöst. "*NEJ! JACK!*"

KAPITEL TJUGOETT

Kulorna klapprade allt närmare Ariana, slog gnistor mot stenarna, och hon skakade av sig sin tillfälliga förlamning. Hon skulle inte komma långt genom träden utan Jack, och hon ville inte tappa stranden eller honom ur sikte, så hon började springa längs djungelns kant så gott hon kunde på sina ömma fötter, hela tiden med blicken kastad över axeln. Hon kunde se helikoptern nu, en vit sökarlampa på dess buk som gjorde mörkret nästintill dagsljus, bländade henne så att hon måste rycka av sig mörkerkikaren, spårljus som spottade från kulsprutan som stack ut genom den öppna sidodörren och brände vita eldränder in i natten.

Hon hörde inte motelden från gevär, kunde knappt urskilja Jack som knäade på stenarna, geväret mot axeln. Han hade väl ingen chans att få ner helikoptern; han gjorde det här enbart som en avledningsmanöver så att hon kunde komma undan och gömma sig tills båten kom. *Om* båten nu ens kom, med helikoptern som hängde över stranden sådär.

Arianas ögon fylldes åter av tårar, men hon fortsatte stappla framåt, kämpade för att hålla igång, andningen slet i lungorna. Hon fick inte låta Jacks uppoffring vara förgäves; han offrade sitt liv för att hon skulle kunna fly.

Knästående på de kalla, våta stenarna drog Jack ett djupt andetag och försökte stilla sig, men rädslan för Ari steg upp i halsen och höll på att kväva honom. Om *El Lobo* fick tag i henne en gång till, skulle det inte bli någon nåd. Han skulle få henne att lida för varje andetag tills det sista.

Jack andades långsamt ut och tryckte av. Helikoptern vek bort från honom — de hade tappat honom ur sikte när han bröt ut åt sidan, och ärligt talat brydde de sig ändå inte ett dugg om honom. Han var bara ett irritationsmoment som skulle viftas undan så att *El Lobo* kunde ta tillbaka Ariana.

Fokusera. Han sköt igen. Han träffade helikoptern; på det här avståndet kunde han knappt missa, han var en prickskytt av toppklass, men han behövde träffa något vitalt. Det var ingen militärhelikopter, så de sårbara delarna var inte bepansrade; om han bara kunde träffa en motor eller få ett rent skott på piloten kunde han få ner den, men den där förbannade helikoptern hade vänt bort från honom nu. Han bet ihop innan han tvingade sig att slappna av i käken och sköt igen.

"Kom igen", sa han lågt. "Kom *igen*!" Han ville inte gå över till fullauto, han skulle få slut på kulor för fort. Ett skott till.

Helikoptern *ryckte till* i luften, och Jack blottade tänderna i ett vilt, segerrusigt grin. Han hade träffat stjärtrotorn. Den snurrade fortfarande men saktade synbart, farkosten började autorotera. Det satt en skicklig pilot vid spakarna; han skulle sätta ner den säkert.

Om inte Jack såg till att han inte gjorde det.

Kulsprutan sprutade fortfarande eld över stranden, kulorna slog gnistor mot stenarna bara några meter bort, livsfarligt nära. Jack siktade in sig och väntade på sitt ögonblick, ignorerade oljudet, sten- och metallsplitter som sprutade upp runt honom, väntade tills helikoptern snurrade tillbaka mot honom, tills han kunde se silhuetten av pilotens huvud när mannen slogs med den falnande maskinen för att få kontroll.

Andas in. Andas ut.

Eld.

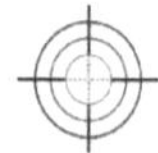

Ari skrek Jacks namn när helikoptern verkade vända tillbaka mot honom, kulsprutan som spottade ett illvilligt regn av dödligt metall mot honom. Det där kunde han inte överleva, *ingen* kunde överleva det!

I ena stunden var helikoptern på väg rakt mot honom, i nästa snurrade den plötsligt i luften, gick upp och rakt över, kom tillbaka ner i en dödsspiral mot *henne*. Hon hann knappt kasta sig ner och skydda ansiktet innan den slog i stranden med nosen först, med ett fruktansvärt, skärande skri av pinad metall mot sten, delar av rotorerna som krossades och flög åt alla håll.

Ett enormt BOOM klöv natten, tryckvågen slog Ari raklång. Hon kröp ihop på stenarna, armarna hårt runt huvudet i försvar, i vad som kändes som ändlösa minuter medan ett regn av brinnande metallskärvor föll runt henne. Heta tårar av förlust och skräck brände på kinderna, tills ljudet av någon som ropade hennes namn trängde igenom och hon lyfte huvudet, blinkade oförstående.

"Jack?"

"Ari!" Han var närmare, hon såg honom springa mot henne, genom fortfarande brinnande bitar av helikoptervrak som låg utspridda över stranden.

"Jack, jag är här!" På något sätt kom hon upp på fötter, stapplade mot honom, och en sekund senare fångades hon upp i hans armar, hans ansikte pressat mot hennes hals när han lyfte henne högt i luften.

"Åh Gud, Ari, du lever, du lever..."

"Du också", fick hon fram, klamrade sig fast vid honom, drog händerna genom hans korta hår, knappt i stånd att tro att han på något sätt hade överlevt, hade fått ner helikoptern, hade räddat dem båda.

En rörelse bakom honom på stranden fick hennes ögon att vidgas. "Jack!" skrek hon, och paniken i rösten fick honom att släppa henne, greppa pistolen som satt i hölstret på låret.

El Lobo Negro hade ett krossat ben och flera brutna revben, men ingenting skulle stoppa honom från att döda Monterro-tiken och den amerikanske hund som hade stulit henne och raserat hans anläggning. Hans hand skakade när han riktade sin guldpläterade pistol mot dem. Tiken fick syn på honom och skrek; hennes trogne hund släppte henne, vred sig om, pistolen kom upp...

Två skott skällde samtidigt. Jack hörde Ariana skrika men han kunde inte tänka på henne just nu; han måste fokusera på mannen med pistolen som skulle döda dem båda om han kunde. Han fortsatte trycka av sin pistol tills slagstiftet klickade tomt och mannen låg stilla.

Först då vred Jack sig tillbaka. "Ari?"

Hon låg orörlig som döden på de kalla, våta stenarna, klart blod som spred sig över framsidan av hennes tröja.

"ARI!" Jacks skräckslagna, rasande rytande fyllde natten.

Kapitel tjugotvå

Ariana vaknade långsamt, blinkade trötta, tunga ögonlock och fick syn på ett välsignat bekant ansikte bredvid sängen.

"Papi?" viskade hon.

Raul Monterro lät tidningen han läste falla och sköt upp i sittande, lutade sig över henne samtidigt som han tryckte på larmsignalen vid sängkanten.

"Ariana! Du är vaken! *Madre de Dios*, jag trodde — jag trodde att vi hade förlorat dig!"

Hon låg i en sjukhussäng, registrerade hon vagt när en dörr svängde upp och en svärm av läkare rusade in. Hennes ögon ville inte hålla sig öppna; hon kämpade emot den alltuppslukande slappheten tillräckligt länge för att viska en viktig fråga.

"Var är Jack?"

Det bistra uttrycket i Rauls ansikte var allt svar hon behövde. Hon slöt ögonen och lät mörkret ta henne igen.

Feberheta, förvirrade drömmar plågade henne; hon drömde att Jack var där, pratade med hennes pappa, sedan satt han och höll hennes hand, sa att han var ledsen. *För vad?* ville hon fråga honom. *Du räddade mig.*

För att jag lämnar dig, sa hans spöke till henne.

Hon grät, till och med i drömmen.

De gav henne morfin, bedömde hennes medicinskt skolade hjärna nästa gång hon vaknade. Den här gången tog hon god tid på sig innan hon öppnade ögonen, låg stilla och lyssnade först in ljuden omkring sig. Pipen från en hjärtmonitor var helt väntade. Två låga röster i bakgrunden, inte mycket mindre så.

"Jag tycker inte om morfin", sa hon utan att öppna ögonen. "Det får mig att se saker som inte finns där."

En av rösterna, mjuk och kvinnlig, kom närmare. "Jag förstår, Ms Monterro, men det hjälper er också att inte känna de saker som *finns* där. Som skottskadan som nästan tog livet av er."

"Åh. Blev jag skjuten?" En del saker blev plötsligt klarare. Försiktigt öppnade hon ögonen och tittade upp i det leende ansiktet på en kvinnlig läkare, inte så många år äldre än Ari själv.

"Jag är rädd för det. Förlåt, jag borde ha kallat er *doktor* Monterro. Jag är doktor Cardones."

"Jag är ganska ny som läkare." Ari försökte le. "Kan inte direkt behandla patienter än."

"Jag vet, men ändå, från en professionell till en annan, tänker jag säga det rakt ut. Ni har haft en hiskelig tur som lever. Kulan punkterade och kollapsade er högra lunga och gick ut genom ryggen.”

Ari tappade hakan. ”Hur *lever* jag ens?” gapade hon.

”Som tur var kom båten som skulle hämta upp er fram mindre än en minut efter att ni blev skjuten; de såg helikoptern krascha och gick rakt in. Det var en kustbevakningsbåt med två fullt utbildade sjukvårdare ombord. De höll er igång, på något sätt, tills arméns helikoptrar kom för att evakuera er.”

De kom för sent för Jack, bara. Ariana hade försökt att inte tänka på honom. Tårarna stack hårt bakom ögonlocken, gjorde dem heta och ömma. ”Fick de fast *El Lobo Negro*?” frågade hon och försökte distrahera sig.

”Han var redan död när de kom dit”, försäkrade doktor Cardones. ”Kapten McAuley”, hon snubblade på det ovana namnet, ”satte tretton kulor i hans huvud och bröst.”

Ari kunde inte hålla tillbaka tårarna den här gången. ”Han räddade mig”, fick hon fram, kvävd.

”Sch, sch”, sa doktor Cardones, sträckte sig efter infusionsstativet vid sängen och gjorde en justering. ”Ni får inte bli upprörd, Ariana. Er lunga kommer att ta tid att läka. Andas bara lugnt.”

Den suddiga svärtan vällde upp över Ariana igen. ”Jag tycker verkligen inte om morfin”, sluddrade hon innan mörkret tog över helt. ”Jag fortsätter att se Jack.”

”Vad sa hon?” frågade Raul, när han kom in lagom för att höra de sista mumlade orden innan Ariana föll tillbaka i sömn.

”Hon tycker inte om morfinet; säger att det får henne att se saker som inte finns där”, sa doktor Cardones och gjorde en anteckning i Arianas journal. "Tyvärr har vi inte så många val just nu. Hon måste hållas i ro."

"Var hon vaken lite längre den här gången?" Raul tog sin sedvanliga plats vid sängen. "Jag är så ledsen att jag missade det."

"Jag lovade er att jag skulle stanna hos henne. Ni behöver äta och sova precis som vi andra", tillrättavisade läkaren honom milt. "Ariana var vaken ett par minuter och verkade helt klar. Jag berättade vad som hade hänt henne och hon frågade om *El Lobo Negro*; jag sa att kapten McAuley dödade honom."

"Frågade hon efter honom?" undrade Raul.

"Nej, hon blev upprörd när jag nämnde honom och började gråta. Vi kan inte riskera sådan ansträngning för hennes lungor, så jag var tvungen att söva henne igen."

"Okej." Raul sträckte sig efter Arianas hand och strök hennes fingrar lätt. "Jack kommer snart tillbaka, älskling", sa han mjukt, undrande om hon kanske kunde höra honom i sömnen. "Han hade ett löfte att hålla."

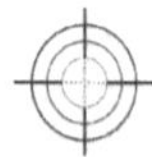

Den hopvikta flaggan kändes tung som bly i Jacks händer när han knäböjde för att överlämna den till Mara Savige. Elliot Savige hade inte dött som Ranger, men det spelade ingen roll för hans före detta kollegor. De hade slutit upp mangrant för att ge sin vän ett värdigt avsked, som löjtnant Hunter kallade det. Nästan alla tjänstgörande Rangers som för tillfället fanns i USA fyllde kyrkogården i Arlington för att ta farväl av sin före detta vapenbroder, och bevittnade ceremonin dämpade och tysta i sina högtid-suniformer.

”Tack,” Maras ansikte var blekt under den noggrant applicerade makeupen när hon såg på Jack, men hennes ögon var torra. Hon hade redan gråtit nog tårar för att fylla en flod den senaste veckan, visste Jack. Selina Cullane satt precis bredvid henne, en tyst symbol för Rangers stöd, lika mycket som den hårt hopvikta flaggan som Jack, i full högtidsdräkt, just hade lagt i Maras händer. ”Tack för att du förde hem honom, Jack.”

”Det var en ära”, sa han lågt innan han reste sig, tog ett steg tillbaka och gav henne en formell honnör. Hon nickade tacksamt, tryckte flaggan tätt intill sig.

Överstelöjtnant Cullane, som stod bredvid sin fru, nickade åt Jack när han vände sig om för att leda bort de andra kistbärarna.

”Gevär an!” skar Hunter, en bit bort, och fem aktiva Rangers, däribland sergeanterna Diaz och Mostyn, lyfte sina gevär till axeln för att avfyra första salvan i en trefaldig hederssalut.

”Det blev ett fint avsked”, sa Brody Cullane till Jack när de senare stod i officersmässen och höjde ett glas till minne av Elliot. ”Ell hade uppskattat det.”

”Han hade nog uppskattat ännu mer att vi tar hand om Mara”, sa Jack. ”Tack för att Mrs Cullane bor hos henne. Jag vet att hon har behövt stödet.”

”Hon får det så länge det behövs, livet ut om så krävs.” Brody klappade Jack lätt på axeln. ”Så”, sa han efter en stunds tystnad, ”jag antar att du inte tänker skriva un-der de där pappren för att förlänga, som ligger på mitt skrivbord?”

”Tyvärr inte, sir.”

”Tänkte väl det. Du har fortfarande sex månader kvar.”

”Ja, sir.”

”Jag kan inte bara släppa dig nu, det vet du.”

Jack hade förstått att det skulle komma. Han nickade ståndaktigt. ”Jag förstår, sir.”

”Vi har emellertid fått en begäran från Guàlizeanska regeringen om en erfaren officer som kan hjälpa till att utbilda en ny kontraterrorismenhet de startar. De tänker göra en satsning för att slå ner drogkartellerna en gång för alla. Helt av en händelse matchar den kompetensprofil de söker nästan perfekt din.” Brodys ton var torr.

Jack kunde inte hålla tillbaka leendet. ”Jaså, sir? Låter som en intressant möjlighet.”

”Ganska. Jag förstår att justitieminister Monterro personligen har bett att du ser över erbjudandet innan det visas för någon annan. Ersättningen är dessutom rätt generös.”

Välsigne dig, Raul. ”Låter som något jag borde kolla upp så snart som möjligt, överste.”

”Vi kommer att sakna dig, Jack”, sa Brody stilla, tog fram ett förseglat kuvert från insidan av kavajen och räckte över det. ”Rangers kommer alltid att finnas här om du behöver oss, kom ihåg det.”

”Tack, Brody”, sa Jack och släppte formaliteterna när han tog emot kuvertet. Brody nickade med ett leende och ännu en klapp på axeln.

”Lycka till.”

Han kunde förstås inte bara hoppa på ett plan tillbaka till Guàlize. Den militära byråkratins hjul malde särskilt långsamt, även med överste Cullane som gjorde sitt bästa för att underlätta överflytten. Guàlizeanerna var tvungna att ordna sin del, utrikesdepartementet måste förhandla fram Jacks status — han fick diplomatisk immunitet, till sin egen förtjusning — en lön i nivå med hans nya position, och ordna någonstans för honom att bo. Han hade varit fullt nöjd med att bo med ambassadvakterna eller ligga i kasern med männen han skulle utbilda, men diplomaterna insisterade på att det inte alls var lämpligt.

”Hur som helst”, sa Jack otåligt till den mycket effektiva damen från Pentagon som mycket tålmodigt förklarade för honom varför han inte bara kunde dra ner till Guàlize med kläderna på kroppen. ”Kan ni bara få allt att hända snabbt?”

”Vi gör allt vi kan för att skynda på, kapten”, sa hon och tittade på honom över glasögonen och räckte honom ännu ett formulär att skriva under. ”Jag är säker på att ni har era egna bestyr att ordna här innan ni åker. Ett hus att sälja?”

”Jag bor på basen. Har alltid gjort.” Han var inte heller en som samlade på sig saker. De flesta av hans personliga tillhörigheter var redan nedpackade och skickade till Guàlize; Raul Monterro förvarade dem tills Jack kom. Raul hade bjudit in Jack att bo hos honom, men utrikesdepartementet hade tackat nej å Jacks vägnar. Han visste inte om han skulle bli irriterad över det eller inte. Han visste inte ens om Ari skulle vara där; Raul sa att hon fortfarande inte hade bestämt sig för om hon skulle återvända till USA för att påbörja sin AT-tjänstgöring på Johns Hopkins, eller om hon skulle fullfölja sin specialistutbildning i Guàlize.

”Har hon frågat efter mig?” frågade Jack nästan desperat när han talade med Raul en kväll. Den andre mannen ringde de flesta kvällar för att uppdatera honom om Aris tillstånd och hur överföringspappren framskred från guàlizeanskt håll.

"Jag nämnde ditt namn i dag och hon brast i gråt", sa Raul. "Doktor Cardones jagade ut mig ur rummet. Aris lunga läker fortfarande, de vill inte att hon blir upprörd. Jag tror att det blir bättre om du förklarar för Ari själv varför du var tvungen att åka när du kommer tillbaka hit."

"Det dröjer nog inte alltför länge, hoppas jag."

"Det är bra. Ariana vill komma hem; läkarna låter henne gärna åka om några dagar så länge hon vilar i lugn och ro hemma. Jag ordnar dygnet runt-vård åt henne, förstås..."

"Förstås", ekade Jack, väl medveten om hur fast besluten Raul var att få Ariana att återhämta sig så snabbt som möjligt. Med rätt vård skulle hon återhämta sig snabbare hemma, det var sant. Ändå värkte Jacks hjärta över att han inte kunde vara där och ta hand om henne själv. "Om det gör henne upprörd att prata om mig, låt bli, Raul. Låt henne få lugn och ro att bli frisk. När jag är där och vi kan prata kan hon själv bestämma om hon vill stanna eller komma tillbaka till USA. Allt jag vet är att det enda jag kan göra just nu är att försätta mig i en position där vi kan vara tillsammans, om Ari så vill, och den här överflytten är det enda sättet jag kan göra det på."

"Jag förstår", sa Raul till honom, "och du har mitt fulla stöd."

"Jag vet inte exakt när jag kommer dit, så det är väl bäst att du inte säger till henne att jag är på väg. Om hon frågar, säg att jag kommer när jag kan."

"Jag tar inte upp ämnet", lovade Raul. "*Hasta más tarde*, Jack. *Ven aquí pronto.*"

"Så snart jag kan", höll han med innan han sa sitt eget farväl och la på.

"Jag tror att det var allt, kapten", sa administratören till slut och samlade ihop sina formulär. "Innan vi släpper iväg er, dock, är det någon annan som vill tala med er."

Han hade inte direkt så många alternativ, så han ryckte på axlarna och lutade sig tillbaka i stolen. Administratören nickade åt honom när hon stoppade ner alla papper i portföljen och gick; han behövde bara vänta ett par minuter innan dörren öppnades igen och en man kom in. Klädd i en enkel kostym med en intetsägande slips såg den mörkhårige, mörkögde mannen vagt bekant ut. Jack studerade honom när den andre mannen slog sig ner.

"Jag vet fortfarande inte vad ni heter, men jag gissar att ni är CIA."

Ett sardoniskt grin blev hans svar. "Kalla mig Juan."

På något vis tvivlade han på att det var spionens riktiga namn. "Jag är förvånad att se er tillbaka i USA."

"Tja, tyvärr var jag tvungen att bränna min täckmantel. Minister Monterro och hans främsta livvakt såg mitt ansikte. En spion som är känd till utseendet av justitieministern är för stor risk, är jag rädd." Juan ryckte uttrycksfullt på axlarna. "Inga problem. Jag kan smälta in var som helst i Syd- eller Centralamerika. Gör bara lite debriefing här innan min nästa postering."

"Debriefing, visst", nickade Jack, medan en plötslig misstanke föddes i honom. "Och... rekrytering?"

"Tja, det beror på er", sa Juan och spred händerna. "Vi vet att ni är patriot."

"Och guàlizeanerna är våra allierade." Jacks ton var kall.

”Det är de, förstås. De berättar fortfarande inte allt för oss, och droghandeln har sannerligen inte upphört med *El Lobo Negros* död, för vilken ert land tackar er, förresten. Makten avskyr vakuum, som man säger. En amerikan som ansvarar för att utbilda en anti-*sicario*-styrka kan få höra allehanda nyttig information.”

”Och i gengäld?”

Juans ögonbryn steg. ”Tja, utöver den furstliga lön som guàlizeanerna har erbjudit er, skulle det förstås finnas ett arvode...”

”Det är inte det jag pratar om.” Jack skakade på huvudet. ”Jag vill inte ha pengar — som ni säger är guàlizeanerna mycket generösa. Det jag vill ha är samarbete.”

Juan lutade sig tillbaka i stolen, med ett intresserat uttryck i ansiktet. ”Fortsätt.”

”Jag tänker inte spionera åt er i hemlighet heller. Om jag får höra någon information som jag anser att USA kan använda i kampen mot narkotikahandeln, delar jag den, men jag kommer att säga till minister Monterro att jag tänker dela den. Och i gengäld vill jag ha amerikanskt stöd för antidroginsatser inom Guàlize. Inte trupper eller manskap, utan underrättelser. Satellitbilder som de ni gav mig, eller ännu bättre. NSA-stöd, i realtid, när jag ber om det.”

”Det är ett intressant förslag”, sa Juan långsamt och uppenbart vägde det för och emot.

”Det kostar er ingenting, och det gynnar alla”, drev Jack sin poäng.

”Jag måste diskutera det med mina överordnade. Det är inte något jag kan gå med på på egen hand, förstår ni, särskilt inte med andra myndigheter inblandade. Och om ni ska vara en öppen förbindelselänk snarare än en dold agent, innebär det ett omtag i er hantering.”

”Dold verksamhet är inte riktigt min stil.”

”Det märkte vi”, sa Juan med mycket torr ton. ”Med tanke på röran ni ställde till med i *El Lobo Negros* anläggning.”

Jacks leende var ren stolthet. ”Jag hade hjälp.”

”Om det är den sortens saker ni kan göra med bara tre man, ser jag verkligen fram emot att se den kalabalik ni kommer att ställa till med i knarkhandeln.” Juan räckte fram handen för att skaka. ”All lycka till, kapten McAuley. Vi kommer inte att ses igen, men ni kommer att höra från mina överordnade.”

”Lycka till ni också, Juan, eller vad ni nu egentligen heter”, sa Jack.

Ett leende blev hans enda svar innan Juan gick.

KAPITEL TJUGOTRE

"HEJ, *M'HIJA*." ARIANA TITTADE upp och såg sin far komma in på sjukhusrummet med en påse instoppad under armen.

"Papi", ett leende spred sig över hennes ansikte.

"Du är vaken, och ordentligt den här gången." Han granskade hur hon var stödd mot en hög kuddar, sängen höjd för att ge stöd åt ryggen, innan han böjde sig och kysste henne på båda kinderna. "Och lite färg på kinderna, det gläder mitt hjärta. Hur mår du?"

"Öm", svarade hon ärligt, "men jag känner mig mycket mer som mig själv nu när jag har övertalat doktor Cardones att dra ner på morfinet."

"Har du?" Rauls panna rynkades.

"Ja. Lita på att jag känner mina egna gränser, Papi. Snälla." Hon gav honom en sned blick. "Jag tar smärtstillande, bara inte morfinet. Jag tycker inte om det, jag såg hela tiden saker som inte var verkliga." *Som Jack*, sa hon inte, medveten om att om hon sa hans namn skulle tårarna börja igen och doktor Cardones inte skulle ta ett nej.

”Nåväl.” Raul sjönk ner i besöksstolen vid sängen med en suck innan han skänkte henne ett leende. ”Den gode doktorn säger att nu när ni är vaken måste ni äta ordentligt för att få tillbaka krafterna, och att lite godsaker inte skulle skada.” Med minen hos en trollkarl som gör ett trick, trollade han fram ur påsen han bar en stor ask av Arianas lokala Guàlizeanska favoritpraliner.

Hennes ögon lyste upp och hon gjorde fåniga griphänder mot asken, vilket fick Raul att skrocka överseende. Han rev av cellofanomslaget och räckte över den, och såg på när hon gjorde sitt första val och stoppade den söta läckerheten i munnen, suckade av njutning när chokladen smälte på tungan.

”Det är så gott att se dig le, *m'hija*.” Han lutade sig fram, tog hennes hand i sin, kramade den varsamt, uppmärksam på bandagen som täckte båda hennes handleder. ”Jag var så rädd att jag aldrig skulle få se dig igen.”

”Jag också, Papi.” Ända till ögonblicket då hon kände igen Jack hade Ariana varit övertygad om att hon inte skulle komma levande därifrån. Hon såg samma övertygelses skuggor i sin fars ögon, tryckte tillbaka på hans hand. ”Jag visste att du gjorde allt du kunde för att få hem mig. Jag trodde på dig.”

Tröstad av hennes lilla vita lögn log Raul tillbaka. ”Jag hade inte kunnat hitta dig så snabbt utan kapten McAuleys hjälp; han och hans Rangers var mycket modiga...”

”Jag vill inte prata om det”, avbröt Ari.

Bekymrad över hennes plötsliga blekhet, hur hennes läppar darrade och ögonen blev glansiga av tårar, backade Raul genast. ”Självklart. Förlåt, *m'hija*. Låt oss prata om något annat. Måste du återvända till USA för att slutföra din praktik? Utan Elliot... tja, jag är orolig för att din säkerhet blir svår att garantera där."

Ariana förstod vad han menade; här i Guàlize skulle det vara betydligt svårare för hennes fars fiender att ge sig på henne. Raul planerade att ställa upp i presidentvalet nästa år, och han förtjänade att kunna koncentrera sig på sin kampanj utan att oroa sig för henne. Han förtjänade hennes stöd under kampanjen också, något som skulle vara omöjligt om hon åkte tillbaka till Amerika.

"Vi kan prata om det, Papi", sa hon och gav honom ett litet leende medan hon valde en ny pralin ur asken. "Jag måste säga att Santa Maria ser väldigt imponerande ut nuförtiden." Hon gestikulerade mot det välutrustade sjukhusrummet. "Även om det här är en VIP-svit har doktor Cardones lovordat regeringens nya sjukvårdsprogram och vad de har gjort för sjukvården i Guàlize."

"De där reformerna var själva hin håle att få igenom kongressen," Raul skakade på huvudet, och precis som Ariana hoppats lät han sig ledas in på sitt favoritämne, de politiska och ekonomiska reformer han ägnat sitt liv åt att få igenom i det land han älskade så innerligt. Hon lutade sig tillbaka och njöt av sin choklad, lyssnade när han talade och njöt av att bara få vara i hans sällskap.

Ungefär en halvtimme senare märkte Raul att Arianas ögon åter hade fallit ihop. Tyst smög han sig upp, tog pralinasken ur hennes knä och fällde sakta tillbaka sängen igen, placerade försiktigt hennes bandagerade armar vid sidorna och stoppade om lakanet över henne.

"Sov, *m'hija*", sa han mjukt och böjde sig ner för att kyssa hennes panna. "Jack kommer snart."

Värmen var som en kvävande, våt filt som slog honom rakt i ansiktet när Jack klev av planet. Den här gången hade han flugit reguljärt och bar civila kläder. Han hade till och med bokat sin egen biljett, även om han vid ankomsten till flygplatsen i Atlanta upptäckte att någon uppenbarligen dragit i trådarna bakom kulisserna, för hans biljett hade mystiskt uppgraderats till första klass.

Vid foten av rulltrappan stod ett bekant ansikte och väntade. Jack log och hängde upp den lilla väskan han haft med sig på planet över axeln.

"Hej igen."

"Kapten McAuley," Gutierrez gav honom en rapp honnör. "Bra att se er igen."

"Du med." Jack föll in i steget bredvid den guàlizeanske agenten medan de korsade plattan. "Vart ska vi?"

"*Casa* Monterro. Ms Ariana är hemma sedan i morse, och Mr Monterro utgick ifrån att ni skulle vilja träffa henne omedelbart."

"Det har han rätt i", höll Jack med medan de styrde mot en svart SUV som stod parkerad vid terminalen. "Eh... behöver jag gå genom tullen?"

Gutierrez gav honom en sardonisk blick. "Tjänstemannen väntar vid bilen för att stämpla ert pass. Ert bagage kommer en annan av mina män med när det dyker upp. Vi är inte direkt oroliga för att *ni* ska smuggla in något olagligt, kapten."

Tanken fick Jack att le. "Du säger nog bäst Jack", erbjöd han. "Jag gissar att vi kommer att ses en hel del."

”Ramón”, sa Gutierrez tillbaka när de kom fram till bilen. Där stod mycket riktigt en tulltjänsteman som tog Jacks pass, bläddrade fram en tom sida, satte en stämpel och räckte tillbaka det med ett muntert:

”Välkommen till Guàlize, herrn!”

”Det där var ett effektivt sätt att sköta det på”, mumlade Jack när de klev in i SUV:en. ”Jag hade helt räknat med att gå igenom som vilken vanlig passagerare som helst och bli upphämtad på andra sidan.”

”Du är ingen vanlig passagerare... Jack.”

”Tydligen inte.” En grind öppnades så att de kunde köra ut från flygplatsen, och vakterna som bemannade den vinkade åt Ramón när de passerade.

Ramón verkade inte vara på prathumör, och Jack märkte hur han blev allt nervösare medan de körde genom staden. Han hade aldrig varit den rastlösa typen, och det militära tränar en till tålamod, men att veta att han snart skulle få se Ariana fick honom att sitta på helspänn, gnaga ängsligt på en nagelbandstagg.

”Kan du sitta still?” skällde Ramón till slut irriterat. ”Du gör mig nervös.”

”Förlåt”, sa Jack och sjönk tillbaka. ”Jag är bara lite nervös.”

”Det här är mannen som hoppade ur ett flygplan mitt i natten för att storma en knarkkungs högkvarter?” Ramón kastade honom en road blick.

”Det var något annat.”

”Ah, ja, det var strid. Det här gäller hjärtat.”

”Varför har jag den fruktansvärda känslan av att ni alla håller koll på varenda steg jag tar och bara väntar på att jag ska gå på näsan?” frågade Jack dyster.

”Varför har jag den fruktansvärda känslan av att du inte har en aning om hur man behandlar en kvinna? Du stack ju ifrån Ms Ariana för sex år sedan. Jag ville jaga rätt på dig då och döda dig, men Mr Monterro sa nej”, replikerade Ramón.

Jack stelnade helt, med hakan hängande, medan han bearbetade insikten att Raul hade vetat i sex år att han legat med Ariana. Hade vetat och inte gjort något. Hade släppt in honom i landet igen, hade litat på honom att leda sök- och räddningsinsatsen...

”Han visste hela tiden hur jag kände för henne.”

”En blind hade kunnat se hur du kände för henne.” Ramón fnös magnifikt. ”*Idiota*. Det enda ingen av oss kunde begripa var varför du drog.”

”Hon var för ung”, sa Jack matt.

Ramón rullade bara med ögonen åt sidan mot Jack när de svängde in på uppfarten och stannade vid grinden. Rauls folk hade betydligt mer disciplinerad säkerhet än vakterna på flygplatsen, noterade Jack, när männen närmade sig bilen försiktigt, den ene använde en spegel på en lång stång för att kontrollera underredet efter sprängämnen medan den andre talade med Ramón. Jack var för upptagen med att bearbeta det Ramón så nonchalant nyss avslöjat för att göra mer än att disträ nicka när de två vakterna önskade honom välkommen innan de öppnade grinden och vinkade upp dem mot huset.

”Så kom bara ihåg”, bröt Ramón den pinsamma tystnaden när bilen stannade, ”våga inte krossa hennes hjärta igen.”

”Jag ska göra mitt bästa”, var allt Jack kunde lova. Ramón nickade, uppenbart nöjd med löftet, och klev ur bilen.

Jacks hjärta bultade när han steg in i huset, händerna skakade. Han kunde inte minnas när han senast varit så här nervös. Han torkade de svettiga handflatorna mot byxbenen och rätade till slipsknuten.

”Väldigt stilig”, sa Ramón sardoniskt, och Jack rynkade pannan åt tonen och gav honom långfingret.

”Vart ska jag?”

”Jag tar er till Mr Monterro först.” Raul gestikulerade åt Jack att följa. ”Han kan eskortera er till Ms Ari… om han vill.”

”Du hjälper inte direkt mot nerverna”, muttrade Jack mellan tänderna, men han sträckte på sig och följde efter Ramón. Han hade sett döden i vitögat åtskilliga gånger under sin karriär utan att blinka; varför han nu skulle få en ångestattack vid tanken på att möta Ariana och hennes far kunde han inte begripa.

Raul tycktes dock inte dela Ramóns antipati, utan reste sig ur sin stol med ett brett leende när Jack visades in på hans kontor. ”Jack, det är verkligen gott att ha er tillbaka i Guàlize! Jag vågade inte hoppas att vi skulle få er hit igen så snart!”

”Skönt att vara tillbaka”, muttrade Jack och underkastade sig den förvånansvärt entusiastiska kram Raul gav honom.

”Men vad är detta? Vi har talat nästan varje dag och ändå kan ni inte se mig i ögonen nu?” En skarpsynt iakttagare, Raul kastade en blick mot Ramón, som snörpte på läpparna och tittade ut genom fönstret med en oskyldig vissling. ”Vad har Ramón sagt, va?”

”Inget som inte var sant.” Jack drog ett djupt andetag och mötte Rauls blick. ”För sex år sedan gjorde jag något dumt och jag stannade inte för att ta ansvar för det.”

”Ah,” Raul skakade på huvudet åt Ramón. ”För sex år sedan var en svår tid för oss alla, Jack.” Han pekade på en stol och satte sig själv.

”Ni hade just förlorat er fru, Raul, och Ariana hade förlorat sin mor och gått igenom något fruktansvärt traumatiskt; jag utnyttjade det!”

”Varför får jag känslan av att ni har slagit på er själva för detta i sex års tid?” Raul lutade sig fram och satte fingertopparna mot varandra framför sig. ”Vet ni vad ni gjorde den natten, så som *jag* ser det?”

Jack blinkade. Skakade långsamt på huvudet.

”Ni gav henne något annat att tänka på än sin egen sorg, och det var precis vad hon behövde i den stunden, tröst som bara ni kunde ge henne. Ja, om ni hade stannat kanske saker blivit annorlunda... men jag har sedan länge lärt mig att acceptera att man inte kan ändra det förflutna, bara framtiden.” Rauls mörka ögon var mycket intensiva när han fortsatte: ”Utan era handlingar skulle Ariana *inte* ha någon framtid.”

”Det betyder inte att hon är mig något skyldig”, sa Jack snabbt.

”Självklart inte, och Ari skulle slita huvudet av mig om jag ens antydde något så befängt. Skulden är min.”

Jack skakade nekande på huvudet; Raul viftade till med ett finger åt honom.

”Det är ingen skuld jag kan betala tillbaka. Det bästa jag kan göra är att göra er väg till lycka lättare med kvinnan ni älskar; min dotter.”

”Jag älskar henne”, sa Jack innerligt. ”Det visste ni redan, förstås.”

”Det gjorde jag, och jag vet också hur hon känner för er.”

Jack ville fråga, men han bet sig i läppen och sa inget. Ariana kunde säga det själv. Precis som han planerade att berätta för henne hur mycket han avgudade henne. "Får jag se henne nu?" frågade han när tystnaden dragit ut till en obekvämt lång minut.

"Jag följer er upp", sa Raul genast och reste sig. "Hon har väntat på er tillräckligt länge. Hon grät så fort någon ens nämnde ert namn, vet ni."

Jack lade en hand över bröstet när de lämnade arbetsrummet och gick uppför trappan. "Snälla, låt bli. Jag hade så förbannat dåligt samvete när jag åkte, även efter att kirurgerna sa att hon skulle klara sig. Men jag hade lovat Mara att jag skulle ta hem Elliot."

"Ni behöver inte förklara er, Jack. Inte för mig, inte för Ariana, inte i den här frågan. Att ta hem Elliot var av högsta vikt. Jag hade tänkt mycket sämre om er om ni inte hade gjort det."

"Jag är glad att ni förstår, men det slet ändå hjärtat ur mig att lämna henne, särskilt som jag inte ens kunde säga ordentligt adjö."

De hade kommit fram till en stängd dörr; Raul stannade och skakade på huvudet åt Jack. "Om ni inte hade åkt av egen vilja hade jag beordrat att ni sattes på planet. Säg det till er själva om ni måste, om det lättar ert samvete." Han tog ett steg tillbaka, med ett litet leende på läpparna. "Jag tror inte jag behöver bevittna er återförening. Jag lämnar er åt det. Försök bara att inte låta henne bli för upprörd. Hon behöver vila." Han gick, tillbaka nerför trappan utan att se sig om, och lämnade Jack stående ensam utanför Arianas sovrumsdörr och försöka att inte darra i stövlarna.

Han hade rusat in i eldgivning utan att tveka, men att vrida om dörrhandtaget var honom nästan övermäktigt.

Det tog ett par minuter innan han fick handen att sluta sig om det släta metallvredet, vrida det tyst och öppna dörren.

Jack hade redan kommit halvvägs in i rummet när det slog honom att han nog borde ha knackat. Han stelnade osäkert och undrade om han skulle backa ut igen, men nu såg han Ari, som låg och tydligen sov, och såg ut som en slags sagoprinsessa med det silkesmjuka mörka håret utbrett över kudden runt henne, de mjuka läpparna lätt särade.

Han kunde inte slita blicken från henne. Hon hade gått ner i vikt, vilket han gissade var att vänta. Hennes kindben stack mer fram, nyckelbenen stod tydligt under den runda ringningen på linnen hon bar. Tyst gick han närmare och stod och betraktade henne, fångslad av bröstkorgens långsamma rörelse, hur hennes hand låg slappt på lakanet. Långsamt sjönk han ner på knä, placerade sin hand bredvid hennes, utan att riktigt röra vid den, och förundrades över hur nätta hennes slanka gyllene fingrar såg ut bredvid hans stora, sträva hand.

Han måste ha gjort något ljud som störde henne, troligen skorna mot det polerade trägolvet när han närmade sig sängen, även om han försökt vara tyst. Arianas ögonfransar fladdrade innan ögonen öppnades, och hon vände huvudet och såg på honom.

Jack var fullständigt oförberedd på den brustna, plågade min som spred sig över hennes ansikte, eller på tårarna som vällde upp i hennes stora bruna ögon.

”Nej”, sa hon, ”inte igen, snälla...”

”Ari!” Förfärad slöt han sina fingrar om hennes.

”Du är död”, hon nästan ropade det. ”Du är död, håll dig borta från mina drömmar!” Hon försökte dra loss handen, men han höll hårt.

”Vad i helvete pratar du om?” Jack stirrade på henne och försökte lugna henne när hon pressade sig upp till sittande. ”Ari, jag mår bra. Det var du som blev skjuten, inte jag! Ari! Du måste lugna dig, du kommer att skada dig!” Hon kämpade emot honom; rädd om henne samlade han båda hennes handleder i ena handen, pressade den andra mot hennes axel och tryckte henne med kraft tillbaka ner i sängen.

Det mycket påtagliga trycket från Jacks styrka som höll henne nere slog Ari ur paniken. Hon blinkade upp mot honom och gråten tystnade.

”Ari, det är *jag*.” Han var inte säker på hur hon hade fått för sig att han var död, men bara tanken på hur han själv skulle känna om rollerna var ombytta fick honom att desperat vilja trösta henne. ”Det är jag, och jag är inte död, jag lovar. Jag hade aldrig mer än några skråmor. Jag var inte hos dig på sjukhuset för att... tja, jag var tvungen att ta hem Elliott. Jag ringde varje dag och pratade med din far, det lovar jag. Jag tror att jag drev honom till vansinne med mitt tiggande om uppdateringar om hur du mådde.”

Hon hade äntligen slappnat av och stirrade storögt upp på honom, som om hon drack in synen av hans ansikte. Jack tog bort tyngden från sin arm, släppte hennes handleder med en smärtsam ånger, hoppades att han inte gjort henne alltför illa. Hon grep efter hans hand och höll hårt.

”Jack.” Hennes röst var så mjuk att han knappt hörde den. ”Jack, du kom tillbaka till mig...”

”Jag lämnar dig aldrig igen”, lovade han. ”Jag är här och jag stannar, för gott.”

”I Guàlize?” hon såg förbryllad ut.

”Precis. Din far drog Gud vet hur många trådar och såg till att jag blev erbjuden ett jobb med att utbilda paramilitära trupper i Guàlizes krig mot narkotikan. Jag stannar, och jag är rätt säker på att din far hoppas att det ska vara nog med lockbete för att du ska vilja stanna också, och göra klart din utbildning här istället för att åka tillbaka till Staterna."

Det fick Ariana att skratta, och tårarna sprang upp i ögonen igen, men den här gången var det av ren glädje. "När de två män jag älskar går ihop för att övertyga mig, hur skulle jag kunna säga emot?"

Jacks kantiga ansikte mjuknade. "Älskar du mig?"

"Tvivla aldrig på det." Hon höjde handen och strök honom varsamt över kinden. "Du är min nu, Jack McAuley. Nu är du på min hemmaplan."

Han blinkade och skrattade. "Vad ska du göra, se till att mitt pass blir beslagtaget om jag försöker sticka?"

"Tvivla inte på det." Arianas leende var bländande lyckligt när Jack drog in henne i sin famn och höll henne tätt för att fånga hennes läppar i en öm kyss.

KAPITEL TJUGOFYRA

ARIANA HADE INGEN TANKE på att låta Jack komma undan kyssen i första taget, och sättet han gav ifrån sig ett litet ljud i halsen och drog henne upp i sina armar, höll henne tätt intill sig, talade om för henne att han kände sig precis lika upprymd över deras omfamning.

Ett gällt skrik från dörröppningen fick dem dock att flyga isär, Jack snodde runt för att ställa sig mellan Ariana och varje tänkbart hot. Han slappnade inte ens nämnvärt av när han såg den pyttelilla medelålders guàlizeanska damen som höll ett fat och stirrade på honom med stora ögon.

"Manuela", sade Ariana med ett leende, men den lilla damen log inte tillbaka. I stället satte hon ned brickan på sidobordet med en tydlig smäll, innan hon viftade med ett finger under Jacks näsa och lät en ström av spanska forsa ur sig så snabbt att Ariana var ganska säker på att han inte uppfattade mer än vart tredje ord.

Vilket förmodligen var lika bra, med tanke på de namn Manuela kallade honom för att han "skändat hennes frökens heder"!

Ariana kunde inte låta bli att fnissa. Manuela var hälften så stor som Jack; hon såg ut som en terrier som försökte skrämma bort en pitbull. Jacks mungipor ryckte till och hon insåg att han förstod mer än hon trott. Han försökte också hålla tillbaka ett skratt.

”Manuela”, lyckades hon säga hushållerskans namn igen genom skrattet. ”Det här är kapten McAuley. Han räddade mitt liv.”

Manuela mjuknade inte det minsta när hon vände sin ogillande blick mot Ariana. ”Jag bryr mig inte om vem han är eller vad han har gjort, jag bryr mig om vad jag just såg! Vad tänker din far med, som låter honom vara här inne?”

”Papi vet att jag är trygg med Jack”, sade Ariana bestämt.

”Ditt liv, kanske, men uppenbarligen inte din heder!” Manuela satte händerna i sidorna och rynkade pannan. ”Inget sånt där i det här huset, lilla fröken.”

”Eh, Ari?” sade Jack när tystnaden blev lite pinsam och Manuela blängde på honom. ”Jag får känslan att hon inte gillar mig något vidare.”

”Manuela har varit vår hushållerska sedan innan jag föddes”, sade Ariana vemodigt, ”och jag är ganska säker på att jag fortfarande är typ nio i hennes ögon.”

”Om hon tror att jag tänker lämna det här rummet, får hon tänka om”, sade Jack mörkt när Manuela fortsatte stirra på honom.

Ariana började fnissa, och båda vände sig för att rynka pannan åt henne när hon tappade andan och började hosta.

”Ari, du måste vila”, sade både Jack och Manuela i samma ögonblick, på två olika språk, innan de återigen blängde på varandra. Hjälplös av skratt och hosta sjönk Ariana tillbaka i sängen och lät dem pyssla om henne. När hon till slut lyckades sluta hosta hade de slutat snegla på varandra och var förenade i sin oro för henne, Jack puffade upp kuddar som stöd medan Manuela räckte henne ett glas vatten.

Till sist kände hon sig bättre och lyckades övertala Manuela att lämna henne ifred med Jack, åtminstone en liten stund. "Jag är inte i skick för något av det du oroar dig för", sade hon till hushållerskan. "Tyvärr."

Det gav henne faktiskt ett litet fniss från Manuela, och hushållerskan lät blicken svepa upp och ner över Jack. "Kan inte säga att jag klandrar er, Ms Ari", kastade hon över axeln som avskedsreplik när hon lämnade rummet. "Om jag vore trettio år yngre skulle jag kanske sno honom själv!"

Ariana fick kämpa för att inte börja skratta igen, särskilt när Jack rynkade pannan och sade misstroget: "Sa hon just det jag tror att hon sa?"

Arianas ögon glittrade av munterhet, skakande fingrar pressade mot läpparna när hon tittade upp på honom. Hon hade aldrig sett vackrare ut i Jacks ögon. Han skakade på huvudet åt henne, satte sig ner på sängkanten igen och sträckte sig efter hennes hand.

"Okej, jag fattar att du har vansinnigt roligt på min bekostnad. Jag minns inte att Manuela var här sist?"

Hon lyckades kväsa skrattet med en enorm ansträngning och nickade. "Hon var bortrest. Hennes dotter hade fått barn och hon bodde hos henne, medan vi... tog vår familjesemester."

Semestern som hade slutat med att hennes mamma dog och Ari själv blev traumatiserad. Jack nickade allvarligt.

"Och Manuela har varit hos din familj länge?"

"Innan jag föddes... till och med innan Papi och Mamma gifte sig. Manuela lagade mat och städade i flera lägenheter i huset där Papi bodde, och när han gifte sig och köpte ett hus anställde han henne som hushållerska."

Det var en annan värld för Jack. Raul Monterro kom från en gammal, förmögen familj som en gång varit boskapsranchare och ägt enorma landområden på den guàlizeanska landsbygden. Vid tiden för Rauls födelse var familjens imperium en bråkdel av vad det hade varit, men fortfarande mer än tillräckligt för att skicka Raul till England för att studera på Eton och Cambridge. Jack hade en tydlig känsla av att Rauls familj hade väntat sig att han skulle ge sig in i affärsjuridik eller bankväsendet, men den unge mannen hade trotsat förväntningarna genom att gå till åklagarmyndigheten. Rauls klättring genom leden hade varit rent kometartad, kanske delvis på grund av hans inflytelserika familjekontakter, men inte så lite på grund av hans rena talang, det var Jack säker på.

När han tänkte på hur Ariana hade vuxit upp, i det här stora huset med tjänstefolk som såg till varje vink, började Jack tvivla på sig själv. Vad kunde han ge henne? Han hade bara nått graden kapten i armén, och även om han visste att han hade varit förbaskat bra på sitt jobb och lämpad för uppdraget som guàlizeanerna hade anlitat honom för, så var *militärkonsult* knappast en karriär som skulle anses passande för Förstaflickans tillkommande. För allt Jack hade hört tydde på att Raul skulle bli president i nästa val, lite drygt ett år bort nu.

"Jack!"

Ariana viftade med handen framför hans ansikte och drog honom tillbaka från hans dystra grubblerier. Han blinkade och gav henne ett svagt leende.

"Var var du?" Hon lutade huvudet på sned och gav honom ett inställsamt leende. "Håller jag inte din uppmärksamhet?"

"Du har alltid min fulla uppmärksamhet. Här, det ser ut som att Manuela kom med lite lunch." Han reste sig och tog brickan som Manuela hade lämnat. "Det är någon slags soppa, som du nog bör ta medan den fortfarande är varm. Ser ut som majs?"

"Det blir *ajiaco*, potatis- och majssoppa. Finns det *arepas* till?"

Ariana hade fått tillbaka aptiten, verkade det som, och Jack kände sig lugnad över att hon var på god väg att bli frisk när han såg henne äta, tuggandes på ett par av *arepa*-majsbröden som hon insisterade på att han skulle dela. Det fanns betydligt mer mat på brickan än hon rimligen kunde äta, och till slut försäkrade hon att hon var mätt och bad honom ta undan brickan.

"Och kom sen hit." Hon sköt lite på sig åt sidan och höll armarna mot honom.

"Ari", han skakade på huvudet åt henne. "Du är inte i form för... ja, något alls."

"Jack, jag vill att du håller om mig." Hennes mjuka, innerliga ord stoppade hans invändning tvärt. "Jag vill känna dina armar runt mig. Jag trodde att du var *död*, och det *krossade* mig. *El Lobo* kunde inte knäcka mig trots alla hans hot och vapen, inte ens när jag fick veta att Tomàs förrådde oss och dödade Elliot knäckte det mig, men att tro att du var död..." hon skakade på huvudet, tårarna började rinna nerför hennes kinder igen, och Jack gick till henne utan att tänka, lade sig bredvid henne och drog henne in i sina armar, kysste hennes panna och strök hennes glänsande hår.

"Tyst", viskade han. "Tyst, ängel. Jag är här."

Han höll henne tätt intill tills hennes skakande axlar stillnade, och sedan talade han.

"Det var du som nästan dog, Ari. Jag trodde att jag hade förlorat dig när jag såg dig ligga där på stenarna, så stilla, blod överallt på dig." Jack fick en klump i halsen, knappt förmögen att tala. "Jag stod på knä och höll om dig, bönföll dig att inte lämna mig, när båten dök upp."

"Jag träffade båtens kapten och ambulanssjukvårdarna som räddade livet på mig", sade Ariana tyst mot hans skjorta. "Kaptenen får en tapperhetsmedalj... han satte kurs mot stranden när helikoptern kom in. Sjukvårdarna sa att jag hade förblött innan han hunnit fram om du inte hade hållit ihop såren i mitt bröst och min rygg med bara händerna."

Bara tanken på det fick Jack att må illa. Han lyfte handen och lade den under hennes nyckelben, mindes med kväljande tydlighet känslan av hennes blod, halt på hans händer.

"Jag sa till dig då hur mycket jag älskade dig, medan du höll på att glida ifrån mig", viskade han mot hennes panna, nuddade det mjuka i hennes hår och drog in den söta doft som var unik för hans Ari. "Jag släpper dig aldrig igen."

Leende kröp Ari ännu närmare, lade sin hand över hans och höll hårt. "Jäkligt rätt har du", sade hon till honom.

EPILOG

Nu när Jack arbetade i Guàlize och hennes far äntligen hade tillkännagett sin kandidatur till presidentposten — med fullt stöd av den avgående presidenten — var Arianas beslut att stanna i Guàlize inte svårt. Sjukhuset Santa Maria var mer än nöjt med att få in henne i personalen, även om hon fick ta några fajter med sitt nya säkerhetsteam, handplockat av Jack och Ramón Gutierrez, för att faktiskt få behandla patienter. Raul hotade med att göra henne till hälsominister om han vann valet.

"Bara om du vill att jag tar med mig Jack och försvinner tillbaka ut i djungeln", varnade Ariana.

Raul skrattade. Han hade övertalat henne att följa med på några evenemang i Guàlize City under valrörelsen; utan hustru förstod hon att han skulle behöva henne till att ta över åtminstone några av en första dams uppgifter om han blev vald. Hon grimaserade lite för sig själv. Hennes kidnappning och *El Lobo Negros* död hade bara cementerat hennes fars folkliga stöd. Den närmaste motståndaren låg tjugo procentenheter efter i opinionsmätningarna och tappade snabbt. Raul Monterro skulle bli Guàlizes trettiotredje president och hans dotter skulle helt enkelt få lära sig att hantera allt som följde med det ämbetet.

Allt var förstås betydligt lättare att smälta med Jack på plats. Arianas blick mjuknade när hon såg tvärs över rummet där han lastade en tallrik full med mat från frukostbuffén. Den kortare mannen vid hans axel skrattade åt något Jack sa och vände sig om för att flina mot Ariana. Löjtnant Hunter — före detta löjtnant, insisterade han numera med sitt typiskt busiga leende — hade anlänt till Guàlize mindre än tre veckor efter Jack. "Kan ju inte lämna kaptenen härnere helt ensam", hade han sagt, "senast jag gjorde det lyckades han få dig skjuten, doktor Monterro."

"Det kan man inte säga emot", sa Raul, och på något vis blev Hunter tillfälligt placerad i Arianas säkerhetsteam, åtminstone tills Jack och Ramón Gutierrez hann fylla det med män de litade på.

Hunter ställde nu ner en tallrik, överlastad med mat, framför Ariana. Hon gav honom en förebrående blick, som han ignorerade.

"Du missade middagen i går kväll när du assisterade vid den där operationen med doktor Cardones. Ät nu."

Hon suckade och tog upp gaffeln, ett litet leende lekte över läpparna. Mellan Hunter, Jack och hennes far blev hon grundligt ompysslad. Lyckligtvis höll hon på att upptäcka att hon tyckte rätt bra om det.

Jack slog sig ner bredvid henne, blicken varm när han log mot henne, ärret i hakan som drog hans leende snett. I hennes ögon var han fortfarande vacker, mannen hon älskade.

"Vi borde gifta oss", sa Ariana impulsivt.

Jack frustade ut klunken kaffe han just tagit genom näsan; både Raul och Hunter började skratta.

"Du vet att det brukar vara mannen som friar, min kära?" frågade Raul till slut genom sitt fnissande.

Ariana himlade med ögonen åt honom. "Då skulle jag få vänta länge. Jack brottas fortfarande med en övertygelse om att han på något sätt inte duger för mig bara för att han är soldat."

"Vi ger dem rummet", sa Hunter, reste sig och nickade åt Raul, som följde efter honom ut, fortfarande småskrattande och skakande på huvudet åt sin dotters djärvhet.

"Nå, om det är så du känner," Jack hade torkat bort kaffet ur ansiktet nu, "så har jag hållit på något åt dig ett tag."

Ariana såg förbluffat på när han gled ner från stolen, gick ner på ett knä bredvid henne och knäppte upp en ficka på sina fältbyxor. En sammetspåse togs fram, och ur den drog han en ring, ett smalt guldband med en rad pyttesmå diamanter infällda i en kanal mitt på.

"Jag tänkte att du inte skulle vilja ha något för klumpigt eller för prålgt." Orden han hade kämpat med i veckor flödade lätt nu när Ariana hade tagit det första, stora steget åt honom. Han sträckte sig efter hennes vänstra hand och sköt varsamt ringen på hennes finger. "Jag hade börjat titta när din pappa kallade in mig på sitt kontor. Sa att han redan hade precis det jag behövde."

"Den var mammas", en tår fyllde hennes öga, bröt sig loss och rullade ner för kinden. Jack förde upp handen och tummade försiktigt bort den, smekte hennes kind.

"Jag önskar verkligen att jag hade fått lära känna henne. Hon måste ha varit en fantastisk kvinna, för hennes dotter är den mest otroliga kvinna jag någonsin har mött."

Ariana skrattade genom tårarna, lyfte båda händerna och ramade in Jacks ansikte med dem. "Jag tror att du är partisk", sa hon.

"Klart jag är, jag är ju kär i dig."

"Jag har varit kär i dig sedan jag var nitton, Jack. Inte en chans att jag låter dig smita nu!" Hon beundrade ringen på sitt finger.

"Sätt på mig den där kula-och-kedjan, ängel. Jag är mer än redo."

Lycklig skrattande slungade hon armarna om hans nacke och höll hårt när han på synnerligen tillfredsställande vis kysste henne andlös.

SLUT

Elitstyrkan Rescue Rangers återvänder i ***En Ranger återvänder***, när Jason Hunter kallas tillbaka till den lilla stad där han växte upp — bara för att upptäcka att något är väldigt fel i de avlägsna skogarna i norra Idaho.

Läs vidare för ett gratis provkapitel!

EN RANGER ÅTERVÄNDER - PROVKAPITEL

DEN FÖRSTA REGNDROPPEN SLOG tungt mot vindrutan, och Jason Hunter svor lågt för sig själv. Han hade hoppats hinna till Woodvale innan ovädret bröt loss, men han hade fortfarande en bit kvar. Han borde nog inte ha stannat för att köpa kaffe, men det var en lång körning från Spokane till Idahos nordligaste hörn och tristessen hade krupit på honom. Det, och den fruktansvärda countrykanalen som var det enda den billiga radion i hyrbilen fick in.

Suckande slog han på vindrutetorkarna och hoppades att regnet inte skulle tillta. Han var inne i den täta skogen väster och söder om stan nu, och han visste att oväder lätt kunde få en av de enorma tallarna längs vägen att störta ner och spärra hans färd. Åtminstone var det, så här sent på året, osannolikt att det skulle snöa; han hade sett snö här i april många gånger när han växte upp, men väderleksrapporterna han hört på radion hade bara förutspått regn.

Mörkret föll snabbt, förvärrat av de hotande storm-molnen och de höga, mörka träden. Regndropparna, som började falla i allt större mängder, gjorde det absolut nöd-vändigt att slå på strålkastarna. Med ett klick på ström-brytaren tryckte Jason lite hårdare på gasen och smög sig över hastighetsgränsen. Han hade knappt sett ett annat fordon den senaste halvtimmen och tvivlade på att några myndigheter fanns här uppe för att stoppa honom för fortkörning ändå.

Skylten mot Woodvale dök upp i ljuset som en välkom-nande fyr. Leende lättade Jason på gasen och svängde av från I-95 med en känsla av lättnad, med vetskapen om att det var mindre än tio miles kvar. Bara några minuter till och han skulle vara i moster Roses ombonade lilla hus, den enda plats han egentligen någonsin kallat hemma.

En rörelse till vänster fångade hans uppmärksamhet. Han vred på huvudet och tog foten från gasen så att den svävade över bromsen. Ett rådjur eller en älg som valde just den här stunden att kasta sig ut över vägen kunde förstöra hela hans dag; den billiga lilla hyrbilen skulle bli skrot vid en kraftig kollision.

Det var inget rådjur. Det var en människa, vitt hår fån-gade ljuset när hon stapplade ut ur skogen och upp på vägen, rakt i hans körfält. Jason stampade på bromsen och väjde, missade fotgängaren med minsta möjliga marginal när bilen slirade på den våta asfalten. Han svor högt och styrde in i sladden, fick till slut kontroll och skrek bilen till stopp.

"Vad i helvete?" sa Jason högt, innan han klev ur bilen och tittade tillbaka längs vägen. Allt han kunde se var nå-got som såg ut som en trasslig tygbunt, hopfallen precis på mittlinjen mellan de två filerna. Hade han ändå kört på personen? Han sprang fram till bunten och föll ner på knä.

”Är ni okej?” frågade han, kände sig dum; han sträckte ut handen och lade den på det som plötsligt kändes som en mycket bräcklig kropp, och kände mot halsen efter en puls. ”Körde jag på er?”

I det svaga röda skenet från bilens bakljus kunde han inte se ordentligt, kunde inte bedöma hennes tillstånd. Inte förrän personen rullade mot honom och ett åldrat, kvinnligt ansikte såg upp på honom, en sprucken röst viskade;

”Hjälp mig. Snälla, hjälp mig!”

”Vad i hela jävla helvete”, sa Jason när den gamla damens ögon slöts, men det var mer ett konstaterande än en fråga. När han såg sig omkring var det svårt att förstå varifrån i helvete hon kommit; såvitt han visste fanns det inga hus i det här området, eller så hade det i alla fall inte funnits det när han bodde här. De här skogarna var en del av de enorma timmerbestånd som gav Woodvale sitt namn och höll den lokala avverkningsindustrin försedd med ett stadigt flöde av kvalitetstimmer.

Han såg inte att han hade så mycket att välja på. Kvinnan var knappt vid medvetande och gnydde svagt medan han snabbt lät händerna löpa över hennes armar och ben och kände efter brott.

”Kan ni säga ert namn?” frågade Jason bråttom och lyfte henne varsamt i sina armar. Han skulle få lägga henne i baksätet. Hon var en liten kvinna, bräcklig; han uppskattade att hon knappast vägde mer än trettiofem kilo, ingenting för en soldat som var van vid att bära stridsutrustning betydligt tyngre än så i flera dagar i sträck.

”Julia”, kraxade hon fram, innan hon plötsligt började kämpa. ”Hundarna! Jag hör hundarna!”

Bestört lyssnade Jason, men hörde ingenting. ”Jag hör inga hundar, okej? Jag ska lägga er i bilen och köra er till sjukhuset.” Han öppnade bildörren och lade henne försiktigt i baksätet. I det knappa skenet från bilens innerlampa såg han för första gången hur märklig hennes klädsel var.

Julia bar vad som såg ut som militärgröna fältbyxor i woodlandmönster, flera storlekar för stora, och en lika stor olivgrön T-shirt. Tunga kängor på fötterna var tjockt igenklegade med lera.

Hon måste vara minst åttio år gammal.

”Vad i helsicke är det som pågår? Vem är ni?” frågade Jason djupt förbryllad, men hon verkade ha svimmat så fort huvudet landade mot sätet. Han kontrollerade pulsen – långsam men stark – och tog av sig jackan för att lägga över henne. Hon var genomblöt och iskall.

I bagageutrymmet hittade han en resefilt och lade även den över Julia. Det bästa han kunde göra för henne var att köra in henne till stan så snabbt som möjligt, till den lilla vårdcentralen som var allt Woodvale kunde ståta med. Där kunde Julia i alla fall få vård, och om det var allvarligt kanske hon kunde flygas till ett större sjukhus.

Med blicken framåt insåg han att han borde ringa in det, ordna så att vårdcentralens personal mötte honom. Han satte sig bakom ratten igen, rotade i den duffelbag han slängt på fotutrymmet på andra sidan och letade efter mobilen.

"Ingen täckning. Fan!" Han kastade en blick bak på Julia, grinade illa och kom fram till att han borde köra vidare tills han fick täckning och sedan stanna för att ringa. Det skulle ändå spara tid om han kunde få vårdpersonalen att möta honom på mottagningen. Han startade bilen och körde vidare ut i det allt tyngre regnet.

"Är ni med mig, Julia?" ropade Jason bakåt när han anade rörelse bakom sig. "Kan ni prata med mig?"

"Hundarna", kom ett svagt, skräckslaget kvidande från baksätet.

"Det finns inga hundar. Jag kör er till sjukhuset. Kan ni säga ert efternamn, Julia?"

Hon svarade inte; han justerade spegeln för att se henne och såg att ögonen var slutna. Hon skakade, kraftiga skälvningar for genom hennes späda kropp.

"Inte långt kvar nu", lovade han, sneglade ner på telefonen som låg på passagerarsätet och såg tacksamt att det fanns en stapel täckning. "Jag stannar och ringer i förväg, säger att vi är på väg in. Vi kör igen om en minut."

Hon svarade inte, men det hade han heller inte räknat med. Om han någonsin hade kunnat numren till Woodvales vårdcentral eller polisstation, så hade han sedan länge glömt dem, så han slog helt enkelt 911.

"Woodvale larmcentral, vad gäller ert nödlarm?" svarade en kvinna med uttråkad röst efter ett par signaler.

"Jag har plockat upp en skadad kvinna som irrade omkring i skogen utanför stan. Jag kör henne till vårdcentralen och hoppas att ni kan ordna så att personalen möter mig där."

Larmoperatörens röst skärptes. "Det kan jag ordna. Vad är det för typ av skador?"

”Jag vet inte exakt”, medgav Jason, ”men hon är en gammal dam, genomfrusen och utmattad. Hon är konstigt klädd och verkar utmärglad.”

Det blev ett kort ögonblicks tystnad; han gissade att han var parkerad i vänteläge medan operatören vidarebefordrade uppgifterna. Hon kom tillbaka på linjen några sekunder senare.

”Tack. Är hon vid medvetande?”

”Inte just nu, men hon har varit det kort. Hon sa att hon hette Julia.”

”Julia?” Det var definitivt en utropande ton. ”Julia *Bulridge*?”

”Jag fick inte hennes efternamn, tyvärr. Hon är inte klar i huvudet.”

”Och vem är ni exakt?” Det fanns en tydlig misstänksamhet i rösten nu, men Jason tänkte att han inte hade något att dölja.

”Jason Hunter.”

Det blev ännu ett kort uppehåll och sedan kom en ny röst på linjen, den här gången en mansröst. Jason fick anstränga sig för att höra; regnet vräkte ner nu och smattrade mot bilens tak. Han kupade den andra handen över örat.

”Kan ni upprepa det?”

”Är ni en av *den där* familjen Hunter?”

”Jag förstår inte hur det spelar någon roll just nu”, fräste Jason. ”Se bara till att vårdpersonalen möter mig på vårdcentralen.” Han lade på och startade motorn igen. ”Håll ut, Julia. Inte långt kvar nu.” Instinktivt kastade han en blick i spegeln igen... och stelnade.

Baksätet var tomt.

”Julia?” Chockad vred han sig om. Bakdörren på passagerarsidan stod öppen; hon måste ha öppnat den och klivit ur medan han hade handen över örat och pratade med larmoperatören. ”Vad i hela fridens *helvete...*” Hela situationen blev allt mer bisarr. Ändå kunde han inte lämna henne här ute i ingenstans, inte i det här ovädret och i det tillstånd hon var i. Han slog av motorn igen, tog mobilen och slog på ficklampan. Det var förbannat mörkt där ute nu.

”Julia!” Jason svepte ljuset runtom, kisade in i mörkret. ”Julia, det är okej! Jag vill bara hjälpa er!”

Det hördes inget annat än regnet, som vräkte ner och gjorde honom genomblöt på några ögonblick. Han ropade några gånger till, men om hon hade gått in bland träden och inte ville bli hittad, hade han ingen chans att hitta henne, inte ensam och med det ynkliga ljuset från telefonen. När han sneglade in i baksätet såg han att hon lämnat filten men tagit hans jacka.

Obeslutsam en minut stängde han bakdörren och satte sig i bilen igen, startade motorn ännu en gång. Larmoperatören verkade veta vem Julia var; det var möjligt att hon brukade ställa till med den här sortens spektakel. Hur som helst verkade det klokast att åka till polisstationen, rapportera vad som hänt och ordna fram ordentligt utrustad hjälp, och han var bara några minuter från stan.

Polisstationen och vårdcentralen låg precis bredvid varandra, mitt emot stadshuset, precis som Jason mindes det. Vårdcentralen låg mörk, men välkomnande ljus och en öppen dörr lockade honom in i polisstationen.

Stormen hade dragit förbi och regnet höll på att avta; han parkerade bilen, tog sin duffelbag och gick in på stationen. En grånad, äldre man i sergeantsuniform tittade trött upp från receptionen.

"Kan jag hjälpa er?"

"Jag heter Jason Hunter, jag ringde in för några minuter sedan om att jag hittat en gammal dam skadad ute i skogen."

"Julia Bulridge?" Mannen reste sig och såg plötsligt mycket mindre trött ut. "Var är hon?"

"Jag vet inte om hon är Julia Bulridge eller inte, bara att hon heter Julia. Och jag vet tyvärr inte var hon är nu heller. Hon stack ut i skogen igen."

Sergeanten pekade med ett knotigt finger. "Är det där hon?"

Jason vände sig om och såg en stor färgaffisch på väggen mitt emot disken.

HAR DU SETT DEN HÄR KVINNAN?

Det var definitivt ett foto av Julia, även om hon på bilden såg frisk och leende ut, och informationen under slog fast att hon hade varit försvunnen i lite över en vecka.

"Ja, det är hon!" Förbluffad vände sig Jason tillbaka till sergeanten. "Jag hade knappt hunnit svänga av från I-95 när hon kom stapplande ut ur skogen. Jag var nära att köra över henne. Hon var i rätt dåligt skick."

"Men hon stack igen och ni kunde inte få tag på henne?" Sergeanten lät blicken resa över Jason med otro i blicken. Med den svarta T-shirten dyblöt och klistrad mot överkroppen var det uppenbart vilken kraftig fysik han hade, insåg han.

"Hon måste ha försvunnit medan jag pratade i telefon med larmoperatören", medgav Jason, medveten om att det lät ganska futtigt. "Lyssna, jag har ingen anledning att ljuga för er. Jag klev ur bilen igen och ropade efter henne, letade runt, men hon hade gett sig av in bland träden. Regnet hade börjat och det är rätt mörkt där ute. Jag hade ingen riktig ficklampa, kunde inte leta effektivt, inte om hon försökte gömma sig av någon anledning. Jag tänkte att det bästa var att åka tillbaka till stan och få ihop en ordentligt utrustad sökstyrka."

"Mycket klokt, Mr Hunter", sa en annan röst, och Jason såg att dörren vid diskens ände öppnats ljudlöst och att en man stod där och betraktade honom. Stjärnan på bröstfickan avslöjade hans identitet.

"Sheriff", sa Jason och nickade artigt.

"Jag tror ni gör bäst i att följa med in och berätta allt. Julia Bulridges försvinnande betraktas som ett brottsmål."

"Det kan jag göra, inga problem, men kan ni börja organisera sökstyrkan först? Jag kan visa var jag var när hon klev ur bilen..."

Stationssergeanten slog ner en karta på disken och räckte Jason en penna; han behövde bara några sekunder för att orientera sig innan han markerade ett X på kartan.

"Där. Mindre än en mile från avfarten från I-95, inom hundra yards från där vägen svänger runt Copper Mountain."

"Är ni säker på det?" frågade sheriffen med cynisk ton.

"Jag växte upp här i Woodvale, sheriff. Jag är säker."

"Okej. Se till det, Barker." Sheriffen nickade åt sergeanten och gestikulerade åt Jason att följa efter.

Jason fann sig i sheriffens kontor och snappade upp mannens namn från den graverade mässingsskylten på skrivbordet. Sheriff Thomas McCarthy. Jason ansträngde minnet men kunde inte komma ihåg några McCarthy i Woodvale; mannen var runt fyrtio, uppskattade han, ganska ungt för en sheriff här. Han bar sig åt med en stillsam pondus som Jason genast kände igen; han hade sett den varje dag i många år nu.

”Ni är före detta militär, sheriff McCarthy?” frågade han artigt och lät blicken vandra över rummet. Det fanns inga fotografier på väggarna, bara uppstoppade djurhuvuden och en ful målning av en död hjort med vargar som sliter i strupen. Det var knappast en lugnande bild, och Jason hoppades att sheriffen inte brukade förhöra vittnen här inne.

”Vad får er att fråga?”

”Ni har hållningen, det är allt”, ryckte Jason på axlarna och undrade varför mannen verkade känslig kring sin tjänst. ”Bara försöker vara lite trevlig.”

”Marinen”, sa McCarthy till slut, satte sig bakom skrivbordet och gestikulerade att Jason skulle slå sig ner.

”Ni är långt från havet.”

”Och ni är långt från Atlanta, löjtnant Hunter. Vad för er till Woodvale?”

Jason stelnade en aning. ”Om ni känner till min *tidigare* grad”, betonade han ordet, ”då vet ni att jag är född och uppvuxen här. Min moster Rose är sjuk. Jag är här för att träffa henne.”

”Tidigare? Ni är inte kvar hos Rangers?” McCarthy högg på uppgiften.

”Det stämmer. Min tjänstgöringstid gick ut för fyra månader sedan och jag erbjöds ett mycket lukrativt jobb av min tidigare kapten, som nyligen själv gått i pension från tjänsten. Jag tackade ja.”

”I Atlanta?” Sheriffen tittade på datorskärmen, vinklad bort från Jason. Han var villig att slå vad om att åtminstone den avhemligade delen av hans tjänstejournal var uppe där, och undrade vilka trådar mannen dragit i för att få fram det så snabbt. Han räknade ut att det inte kunde vara mer än tjugo minuter sedan han uppgav sitt namn för larmoperatören.

"I Guàlize, faktiskt."

McCarthy blinkade till och stirrade på honom. "Guàlize?"

Jason ryckte på axlarna. "Min tidigare kapten i Rangers gifte sig med den tillträdande presidentens dotter. Han jobbar för den guàlizeanska regeringen och utbildar en elitstyrka för antinarkotikainsatser. Han bad mig komma ner och arbeta med dem, och jag tog jobbet. Som sagt, det är bra betalt."

"Så ni har bott i Guàlize... hur länge?"

"Fyra månader."

"Jag förstår." McCarthy tog upp en penna, slog upp ett block och klottrade något. Jason bet ihop.

"Är vi klara här? För om vi är det vill jag gärna ge mig ut och hjälpa till att leta efter Julia."

"Det tror jag inte, Mr Hunter." McCarthy gav honom en isande blick. "Ni har varit borta länge. Låt sökandet skötas av folk som känner området som det ser ut nu. Vi hittar Mrs Bulridge, om hon är där ute."

I ett ögonblick pågick en tyst stirrmatch mellan männen, en viljeduell, och sedan suckade Jason och reste sig.

"Jag är bara här för att hälsa på min moster, sheriff. Jag hoppas att ni hittar Mrs Bulridge." Det var inte värt att reta upp mannen, hur arg Jason än kände sig över McCarthys uppenbara obstruktion.

"Hur länge planerar ni att stanna i Woodvale?" frågade sheriffen, reste sig och följde Jason ut ur kontoret.

”Jag vet inte än”, svarade Jason ärligt. ”Min moster är mycket sjuk. Döende. Jag har fått klartecken från mina arbetsgivare att stanna så länge jag behöver.”

”Jag förstår.” Sheriffen såg grundligt missnöjd ut över den nyheten. ”Nåväl. Lämna inte stan utan att meddela oss, Mr Hunter. Ni är trots allt ett vittne.”

Jason bet ihop och nickade tyst. McCarthy gick honom bara på nerverna, det var allt, försökte han intala sig. Polisstationen som varit lugn tidigare var nu ett myller av aktivitet, kartor bredes ut över skrivbord och män med rejäla friluftskläder och stora ficklampor kom in. Sheriffen klev fram för att ta befälet över insatsen, men hans blick lämnade aldrig Jason när den före detta soldaten lämnade platsen.

När han satte sig i hyrbilen igen drog Jason ett djupt andetag och försökte släppa sin vrede. Han ville oerhört gärna delta i sökinsatsen, men sheriffen hade nyss tydligt sagt åt honom att hålla sig borta, och att gå ut på egen hand vore lönlöst och ganska säkert leda till att han blev gripen. Han knep händerna om ratten och skakade frustrerat på huvudet. McCarthy hade rätt i en sak dock: det var väldigt länge sedan Jason strövade i de här skogarna. Det fanns gott om kapabla män på polisstationen, och i hennes försvagade tillstånd kunde Julia inte ha kommit långt. De skulle hitta henne — om hon fortfarande var vid liv.

Han startade bilen och bestämde sig för att komma tillbaka till polisstationen på morgonen. Just nu väntade moster Rose på honom.

Vill du veta vad som händer sedan? Läs *En Ranger åter-vänder* nu!

FLER BÖCKER AV CAITLYN LYNCH

De Förlorade Australiska

Flickan i bäcken
  Flickan på Yachten
  Flickan i Herrgården

Hästryttarna på Ridgewater

Lita på resan
  Bryta barriärer
  Stadig mark
  Skrivet i stjärnorna
  Jul i Ridgewater

Elitstyrkan Rescue Rangers

Räddad av en Ranger
    En Ranger återvänder
    Under täckmantel med en Ranger
    En Ranger mot världen
    Rangers Hetta (endast för nyhetsbrevsprenumeranter)

Upptäck alla Shenanigans Press-utgivningar på vår webbplats(https://www.shenanigansp ress.com/se) !

Eller följ oss på sociala medier – vi finns på Facebook och Instagram (@Shenanigans-PressSvenska).

Och glöm inte att prenumerera på vårt nyhets-brev för att få veta mer om nya släpp, erbju-danden, utlottningar och mycket mer!